NOTICE

SUR

SAINT CYR

PAR

BENJAMIN FILLON.

FONTENAY.

ROBUCHON, IMPRIMEUR-LIBRAIRE.

NAIRIÈRE-FONTAINE, LIBRAIRE.

1847

SAINT CYR EN TALMONDAIS.

L'organisation féodale, ce puissant réseau de fer si bien en rapport avec les besoins des nations du moyen-âge, avait créé sur le sol de la France une foule immense de petits centres d'action rattachés les uns aux autres par le lien social imposé à tous les possesseurs de fiefs. Le clergé avait une large part dans ce partage, et, il faut le dire, sa domination fut le plus souvent un véritable bienfait pour les vassaux qui lui étaient soumis, comparativement au sort de la population placée sous le joug des seigneurs. Du morcellement des terres naquirent des intérêts divers qui donnèrent à chaque localité une physionomie distincte, une histoire particulière. Les notes qui vont suivre forment celle de l'un de ces petits bourgs ignorés, où l'on est tout étonné de trouver des faits d'une importance réelle, tant on est éloigné de pressentir tout le parti que l'ont peut tirer quelquefois du dépouillement des archives du moindre village.

Les annales de Saint-Cyr, comme celles de tous les domaines féodaux, sont religieuses et seigneuriales ; mais le soin qu'apportaient les monastères à la conservation de leurs titres de propriété permet de faire remonter les premières à une époque très-reculée, tandis que la liste des seigneurs ne peut être réellement commencée qu'à la fin du XIVe siècle, les données antérieures étant incertaines.

On ignore quel était le nom du bourg avant qu'on ne lui eût imposé celui du patron de son église (si tant est qu'il existât antérieurement). D'après l'examen des lieux, on doit plutôt présumer que la construction de la chapelle primitive fut la cause de son établissement ; car on ne trouve aucun de ces débris gallo-romains déterrés en si grande quantité à Saint-Sornin [1], et la découverte de quelques monnaies du haut-empire [2] ne peut remplacer le témoignage de traces d'habitations.

Le surnom de Saint-Cyr-en-Talmondais lui vient de ce que

[1] Les débris gallo-romains déterrés à Saint-Sornin, bourg éloigné seulement d'une lieue de Saint-Cyr, sont du bas-empire, et ont une grande analogie avec ceux de Saint-Thomas et de Saint-Médard-des-Prés, près de Fontenay. Ils se composent de murailles solidement construites en pierres liées entre elles avec du ciment, d'aires de maisons, de tuiles, de briques à rebords, de morceaux de poteries, de fragments de cuivre fondu, et d'une citerne carrée maçonnée avec soin et revêtue de ciment. Un de ses côtés est incliné, et à demi-hauteur sont de petites ouvertures carrées faites sans doute pour laisser entrer l'eau des terres. M. de Puybernaud, sur la propriété duquel ces débris ont été trouvés, a recueilli des tuiles à rebords d'une grande dimension parfaitement conservées, quelques petits vases et divers autres objets. — L'année dernière, l'église ayant été en partie reconstruite par mon ami Ballereau, architecte à Luçon, on découvrit dans les fondations des fragments de la même époque et des tombeaux du moyen-âge en pierre, dans lesquels étaient de ces petits vases que l'on rencontre partout. Le chœur de l'église est du XIIe siècle.

[2] La plus remarquable est un *aureus* assez commun de Lucius-Verus, qui est passé dans la collection de M. de La Fontenelle.

son territoire dépendait de la viguerie de Talmond [1], qui a imposé à la partie méridionale de sa circonscription le cachet d'une antique suprématie. Les limites de l'ancien doyenné font connaître à peu près celles du Talmondais. Il était borné, à l'ouest et au midi, pas l'Océan ; séparé, au nord, du doyenné d'Aizenay par la rivière du Jaunay; et enfin, à l'est, l'Yon et le Lay lui servaient de ligne de démarcation avec celui de Mareuil [2].

Les divisions ecclésiastiques, n'ayant éprouvé que de faibles changements jusqu'à la Révolution, sont d'un grand secours dans les recherches de cette nature, et il serait à désirer que quelqu'un entreprît le pouillé des anciens diocèses de Luçon et de Maillezais [3]. Les matériaux sont sous la main des travailleurs ; il ne manque plus que la mise en œuvre. Ce livre devrait nécessairement avoir pour base le *Grand-Gaulthier* de l'évêché de Poitiers, inappréciable recueil dont l'impression seule serait une bonne fortune. La personne qui se vouerait à une pareille entreprise y trouverait les noms des collateurs et des présentateurs des églises et de certaines chapelles ou bénéfices, et compléterait ce document au moyen d'un ancien pouillé du diocèse de Luçon et d'un fragment de celui de Maillezais, conservés dans les manuscrits de D. Fonteneau. Les cartulaires des abbayes et les minutes de visites déposées aux archives de la Vendée et de la mairie de Luçon lui seraient encore d'un grand

[1] *Vicaria de Talamun in pago Erbadilico.*

[2] Le Talmondais formait un fief considérable ayant sa juridiction particulière. Le seigneur de Talmond en était le petit souverain et prenait le titre de prince. Les hommages furent rendus plus tard, probablement à dater d'Alphonse, frère de saint Louis, au château de Fontenay.

[3] Les transformations successives des évêchés seraient faciles à établir. Chaque fois que ces changements eurent lieu, on se contenta de couper le territoire du vieil évêché de Poitiers par larges parcelles. Les délimitations des doyennés sont, pour ainsi dire, toujours restées les mêmes.

secours. L'archéologie aurait sa place dans cette œuvre vraiment utile, en signalant les caractères distinctifs des églises, les inscriptions qu'elles renferment et les rares chartes qui indiquent la date de leur édification. M. l'évêque Soyer, sur la proposition de son neveu, archéologue distingué, alors son grand-vicaire, avait envoyé à ses curés un tableau à remplir, où il demandait de nombreux détails sur les monuments, les titres des fabriques, les traditions populaires de chaque localité; mais il ne reçut qu'un très-petit nombre de réponses satisfaisantes, par suite du défaut complet d'études archéologiques chez les prêtres vendéens. Dans d'autres diocèses, cette science fait partie de l'instruction des jeunes gens qui se destinent à l'état ecclésiastique. Il faut espérer que cet exemple engagera le successeur de M. Soyer à fonder une chaire analogue dans son grand séminaire, et à mettre à même ses curés de ne plus commettre les incroyables mutilations qu'ils se permettent à l'encontre des monuments qui leur sont confiés [1].

Les plus anciens documents concernant Saint-Cyr, qui soient parvenus jusqu'à nous, sont la donation de l'église et celles de plusieurs droits et domaines faites à l'abbaye de Saint-Cyprien de Poitiers par Pierre de Bul et ses fils; sa femme Maxence; Godefroy et Eudes, fils de Eudes [2]; Renaud Flocellus; Ulric de

[1] Un des moyens les plus efficaces de remédier à ces abus serait de créer une commission chargée de surveiller les projets de restauration des curés. Elle supprimerait, à n'en pas douter, les grotesques ornements qui surchargent certains autels, et proscrirait sans merci les belles teintes serin et chocolat que les amateurs retrouvent invariablement dans nos églises.

[2] Godefroy et Eudes, fils de Eudes, possédaient une partie de l'église de Saint-Cyr. On en trouve la preuve dans ce fragment d'une charte (folio XVI) insérée dans le cartulaire de Saint-Cyprien : « .... *Ecclesia Sancti Cyrici juxta Curson et quæ illi pertinebant a Petro de Bullio et filiis ejus, et Gaufrido, filio Odonis....* » (Hist. ms. de Saint-Cyprien, conservée à la bibl. de Poitiers, p. 274.)

Ruvrot (*Revroc*) [1], sa femme et ses fils, et enfin Robert, fils d'Ytier. Ces chartes sont reproduites dans les pièces justificatives, Nos I et II.

Les dates de ces documents ne peuvent être fixées que d'une manière approximative. Le No I est antérieur à 1086, année de la mort de Isembert II [2], évêque de Poitiers, qui y est nommé; le No II paraît être du même temps. Une lettre de Pierre II, successeur d'Isembert, adressée à Renaud, abbé de Saint-Cyprien, donne la liste des bénéfices de l'abbaye, et spécialement de ceux qui ont été acquis du temps de ce dernier, au nombre desquels on remarque « ...*Ecclesiam S. Cyrici in castellania de Cursum.* » Ce serait donc de 1080 à 1086 qu'il faudrait les reporter.

Le plus considérable de tous ces dons avait été fait par Pierre de Bul ou de Beuil (*de Bullo, de Bulio, de Bullio, de Bollio*), d'une famille qui tirait son nom de *Bullium*, lieu situé non loin de Talmond, et qui faisait appeler la paroisse dans laquelle il était compris Saint-Vincent *de Bullio* [3]. Pierre était un des che-

[1] Revroc ou Rubroc (*Rubra Roca*), village dépendant de Saint-Cyr, formait une seigneurie à part. Elle appartenait, à la fin du XVIe siècle, à Christophe Robert de Lézardières, seigneur de Beaulieu, mari de Françoise Jousbert.

[2] Isembert II est aussi nommé dans la charte de donation de l'église de Saint-Sornin à Saint-Cyprien : « *Gaufredus, filius Odonis, et Odo frater ejus, concesserunt monachis Sancti Cypriani ecclesiam in territorio Cursonensi, in honore sancti Saturnini constructam, cum decimis et rebus omnibus eidem ecclesiæ pertinentibus....... S. Gaufredi et fratris ejus Odonis; S. Aimerici vicecomitis; S. Petri de Bullio et Petri filiorumque ejus, à quibus hæc supradicti obtinebant; Engelbaudi Buzani; Bernardi de Murzai; Arnoldi Mimeraldi et aliorum. Philippo regnante; Isemberto episcopo concedente.* (Cartulaire de Saint-Cyprien, fol. 124. — D. Fonteneau, T. VII, p. 81.) Le vicomte du nom d'Aimery, dont le nom est inscrit au bas de cette charte, est Aimery III, vicomte de Thouars de 1047 à 1088.

[3] Est-ce Saint-Vincent-sur-Jard ou Saint-Vincent-sur-Graon?

valiers les plus puissants du Talmondais ; on le voit toujours au premier rang des barons de la contrée, et, dans plusieurs plaids, il est à la tête des pairs (*proceres*) chargés de juger les contestations [1]. Suivant l'exemple des riches seigneurs, il fit élever ses fils à la cour des ducs d'Aquitaine, qui lui témoignaient beaucoup de considération et le rangeaient au nombre de leurs fidèles lorsqu'ils venaient en Bas-Poitou. Guillaume IX [2] avait choisi l'aîné, nommé Pierre, comme son père, pour en faire un des gardes-porte-épée de sa personne.

Pendant les deux siècles suivants, il n'est plus question de l'église de Saint-Cyr [3]. Nous la retrouvons ensuite citée de la sorte dans le *Grand-Gaulthier* :

« ..... *In decanatu Thalemundi..... ecclesie Sancti Cirici patronatum habet abbas Sancti Cipriani et debet de bissexto XX solidos.* »

« ..... *In decanatu Thalemundi procurationes.... Prioratus Sancti Cirici....* [4]. »

A quelque temps de là l'évêché du Luçon fut créé, et Saint-Cyr se trouva compris dans la circonscription mise sous la direction des nouveaux prélats. Le pouillé de ce diocèse, fait à la fin du XIVe siècle, contient les mêmes termes que celui de Poitiers, plus cette clause : « .... *Debet III solidos de luminare* [5].

[1] Cette cour se réunissait dans les lieux indiqués par le comte de Poitou ou le seigneur de Talmond, et particulièrement aux Moutiers-lès-Mauxfaits.

[2] Le cartulaire de Sainte-Croix-de-Talmond renferme une charte importante de ce prince qui mentionne un fait peu connu de sa vie. Elle est transcrite au N° III des pièces justificatives.

[3] Le cartulaire de Bois-Grolland fournit deux noms de prêtres de Saint-Cyr, du XIIe siècle, cités à l'occasion de dons de terres sises au Péré ou Peyré de Curson (*in capite Peirati Cursonii*). Le premier se nomme Pierre, et le second Raoul, prieur et curé de St-Cyr. (P. 14 et 15.)

[4] Cette procuration était de 50 sols.

[5] D. Fonteneau, T. LXIV.

Cette énumération de fragments de titres sera terminée par l'extrait suivant du catalogue des bénéfices de l'évêché de Luçon au XVIIe siècle :

« La cure, à la nomination de l'abbé de Saint-Cyprien, vaut de 4 à 500 livres.

Le prieuré, O. S. B., à la nomination de l'abbé de Saint-Cyprien, 1,600 à 2,000 livres. Il doit premières et deuxièmes vêpres; premières messes les jours de fêtes et dimanches; office aux fêtes annuelles.

Prieuré de N.-D. de la Gillerie, 300 liv.; doit une messe.

Sa fabrique, 180 livres.

La chapelle de N...., nomination de l'évêque de Luçon, 150 liv.; doit deux messes.

La chapelle de la Metrelle, nomin. du seigneur de Curzon, 150 liv.; doit une messe.

La chapelle de l'Audardière, possédée par M. de l'Aurière. On ne connaît pas son revenu.

L'Aumosnerie, de l'ordre de Saint-Lazarre, nomin. du grand-maître, 150 à 300 liv.; doit deux messes.

Prieuré des Curzons, annexe de l'office claustral de St-Michel-en-l'Herm, doit une messe aux fêtes et dimanches, et premières et secondes vêpres.

Sa fabrique a 35 boisseaux de froment, un pré et une vigne. »

A l'heure qu'il est, le prieuré est entièrement détruit et a été remplacé par une auberge [1]; celui de la Gillerie n'existe plus que dans le souvenir de quelques vieillards, et l'église n'offre pas le moindre vestige d'architecture romane. On a prétendu qu'il y avait une crypte sous l'autel [2].

[1] Le prieuré était vis-à-vis la porte de l'église, et fut brûlé par l'armée de Charette.

[2] M. Girard, curé de Saint-Cyr, ayant fait faire des fouilles, en 1843, dans l'ancien cimetière (près du Portail-Rouge), on découvrit les fon-

Les abbayes d'Orbestier, de Bois-Grolland et de Sainte-Croix-de-Talmond possédaient également des propriétés à Saint-Cyr. Nous allons successivement passer en revue ce qui les concerne, avant de parler de la seigneurie.

En 1182, Richard-Cœur-de-Lion, alors duc d'Aquitaine et comte de Poitou, vint passer quelques jours dans la maison de plaisance qu'il s'était bâtie sur l'étang de Port Juré [1], propriété de l'abbaye d'Orbestier, afin de se livrer aux plaisirs de la chasse et de se délasser, au milieu de ses fidèles, des tracasseries continuelles suscitées par la noblesse du duché, indignée de son mauvais gouvernement. Ces joyeux préparatifs n'étaient peut-être qu'un prétexte de bonne politique pour s'assurer le concours de puissants auxiliaires à opposer à la ligue qui se formait contre lui. Quels étaient en effet les seigneurs réunis autour de

dements d'une ancienne chapelle incendiée et plusieurs tombes sur lesquelles sont gravés des croix et des personnages. Ces sculptures, trés-détériorées, sont du XVe siècle.

[1] Le Port Juré est aujourd'hui comblé et remplacé par des prairies. M. S.-P. Merland, propriétaire actuel, ayant fait creuser de profonds fossés, il y a quelques années, on trouva des pilotis et autres objets. M. de La Fontenelle a prétendu quelque part que ce port pouvait être le *Portus Secor* des anciens; je le crois plus rapproché de la Loire.— Les habitants de Saint-Jean-d'Orbestier conservent religieusement une tradition singulière sur le Port Juré, qui est une nouvelle preuve de la renommée populaire de Guillaume-Tête-d'Etoupe, le saint Etoupe de nos légendes. Ce prince, disent-ils, chassant dans la Forêt-Noire (ancien nom de la forêt d'Orbestier), fut attaqué par un sanglier énorme, près d'un port abandonné. Guillaume voulut en vain combattre le monstre; il allait être mis en pièces lorsqu'il promit à Dieu de lui bâtir une chapelle s'il échappait à la mort. Ce vœu à peine prononcé, le sanglier prit la fuite, et le monument commémoratif fut appelé la chapelle du Port Juré, *parce que*, ajoutent-ils, *le comte de Poitou avait juré dans ce lieu.* — Etymologie hasardée, diront les linguistes. — Les paysans d'Orbestier vous la livrent, messieurs, telle que leurs naïfs aïeux la leur ont transmise.

sa personne? Nous voyons en première ligne Aimery V, vicomte de Thouars, Geoffroy de Lusignan, Guillaume de Lezay, Guillaume d'Apremont et Pierre de Bul, tous propriétaires de grands fiefs, et pouvant entraîner à leur suite de nombreux vassaux.

Les moines d'Orbestier n'eurent garde ne négliger une si bonne occasion d'avoir recours à la bienveillance des nobles hôtes du comte de Poitou. Ils firent confirmer à Richard leurs anciens priviléges [1], et obtinrent de Guillaume d'Apremont la concession de la terre de Marchieuil [2] et de plusieurs autres domaines situés dans les paroisses du Bernard, de Saint-Cyr, de Saint-Sornin et de Saint-Vincent-sur-Graon. (V. les *Pièces justificatives*, N° IV.)

Guillaume d'Apremont, venu à un rendez-vous de chasse ou à une réunion politique, avait sans doute été pris au dépourvu par les pieux cénobites, car la charte porte cette mention singulière : « .... *Et moi, Guillaume, seigneur de Poiroux, n'ayant pas mon scel particulier, j'ai supplié et requis le seigneur Richard d'apposer le sien à ces lettres, en témoignage de vérité; et moi, Richard, comte de Poitou et seigneur de Talmond, j'ai apposé mon scel à ces lettres, à la supplication et à la réquisition dudit Guillaume.* »

La terre de Marchieuil, comprise dans la donation, était alors un simple tènement d'un faible produit, situé sur les confins des paroisses de Saint-Cyr et de Curzon, et s'étendant égale-

[1] L'abbaye d'Orbestier, O S. B., fut fondée, au mois de juillet 1007, par Guillaume-le-Grand, comte de Poitou, duc d'Aquitaine. Etaient témoins de l'acte de fondation : Gosselin de Lezay, Gislebert de Volvire, Guillaume d'Apremont et Girard d'Abire. Richard-Cœur-de-Lion confirma leurs priviléges en 1181 et en 1182.

[2] Marchieuil, autrefois *Marchiol*, a le même sens que *Marchiou*, Marchou, et vient du latin *Marchia*, Marche, lieu placé entre deux provinces, deux seigneuries. Ce nom se rencontre souvent en Poitou. — Marchieuil est entre Saint-Cyr et Curzon.

ment sur les deux territoires. Nous reviendrons dans un instant sur ce sujet, en parlant des possessions de Bois-Grolland [1].

Les premières habitations de Marchieuil ne furent bâties qu'en 1258, par Pierre Garny, qui prit cette terre à ferme perpétuelle [2], à la charge de donner annuellement au couvent d'Orbestier onze sextiers de blé, dont huit de froment et trois de méture, mesure de Moutiers-lès-Mauxfaits, rendables à la maison de la Barre de Saint-Sornin, et de bâtir une ou plusieurs maisons dans le lieu qui lui paraîtrait le plus convenable. (*Pièces justificatives*, N° V.) C'était, on le voit, un bien faible revenu, et cependant les moines ne purent en jouir en paix. Guillaume de Charimay, chevalier, revendiqua certains droits et souleva un long procès heureusement terminé par l'intervention du prieur et du sous-chantre de Sainte-Radegonde de Poitiers, arbitres nommés par le pape, qui amenèrent, en 1272, Guillaume à se désister de ses prétentions sur Marchieuil et les vignes de la Sablière [3].

Les seigneurs de Poiroux vinrent à leur tour réclamer la

[1] Le cartulaire d'Orbestier contient une autre charte du samedi avant la fête de la bienheureuse Marie-Madeleine de l'an 1255, par laquelle Jehan Amogers, chapelain de la Chapelle-Ratier, promet de ne pas aliéner six sexterées situées «*in feodo domini Guillelmi Frélon, militis, prope ulmum de portu de Claya*» (La famille Frélon, dont un membre figure ici, a longtemps possédé la terre du Champ-Saint-Père, et a donné son nom à la Mothe-Frélon, près de ce bourg.); une sexterée de terre «*in feodo domini Benaton, militis, juxta fontem de Fogere* (Fougéré), *in parrochia Sancti Cirici*», et autres propriétés ou redevances dont sa cousine Bienvenue, fille de Pierre Le Comte, de Saint-Benoît, possédait le tiers, par le décès de Anice ou Avice, de Saint-Benoît. Bienvenue accéda le même jour à l'acte de son cousin. Ils avaient déjà fait un arrangement en 1253.

[2] L'acte n'eut pas longtemps d'effet, puisque, au commencement du XIVe siècle, l'abbé d'Orbestier faisait cultiver à moitié les terres de Marchieuil. (*Ext. de notes sur Orbestier.*)

[3] Cartulaire d'Orbestier. (*Archives de la Vendée.*)

juridiction des *teneurs* du lieu. Une première sentence, rendue en 1438, les débouta en vain de leur demande [1]; ils continuèrent leurs vexations et forcèrent l'abbaye d'en appeler une seconde fois à la justice. Loys de Crussol, sénéchal du Poitou, devant lequel l'affaire fut portée, décida définitivement, en 1468, que le sire de Poiroux n'était nullement fondé dans ses réclamations, et que les hommes de Marchieuil et des autres propriétés du monastère étaient dispensés de faire le guet dans ses châteaux [2].

L'année suivante, le 27 février, Colas Letard et Colas Coilbaud, laboureurs à Saint-Cyr, affermèrent l'hôtel et herbergement de Marchieuil, moyennant une rente de 16 livres tournois. Cet état de choses dura deux cents ans; mais les moines virent enfin que leurs intérêts étaient singulièrement compromis par suite de la dépréciation de l'argent, et voulurent contraindre les descendants et ayant-cause des deux fermiers à résilier le bail perpétuel, ou à augmenter la quotité de la redevance. Le Parlement de Paris, saisi du procès, les condamna, le 8 novembre 1663, à vider les lieux, après avoir été indemnisés de la plus-value. L'exécution de la sentence ayant souffert quelques difficultés, Daniel de Cosnac, abbé d'Orbestier, passa avec eux une transaction, le 29 juillet 1669, qui portait la rente à 200 livres [3]. Aujourd'hui ces terres produisent un revenu vingt fois plus considérable.

L'abbaye de Bois-Grolland possédait dans la paroisse la dîme des terres de Marchieuil, qui lui avait été donnée par Pierre III de Bul, peu de temps avant sa mort. (*Pièces justificatives*, No VI.) La charte de concession était très-explicite; toutefois le prieuré de Bois-Rolland, près de Pouzauges, abusant d'un jeu de mots, prétendit que c'était à lui que la donation avait

[1] Papiers d'Orbestier.
[2] *Id.*
[3] *Id.*

été faite, parce qu'il avait en sa possession la portion des terres de Marchieuil comprises dans la paroisse de Curzon. La querelle s'envenima, et ce ne fut qu'après de longs débats que, au mois de septembre 1224, Porphyre, vice-gérant du doyen de Talmond, donna gain de cause à l'abbaye, et décida que le prieuré lui paierait, la veille de la Saint-Michel, pour la dîme du tènement qu'il avait à Marchieuil, une rente de bon et pur froment, mesure de Curzon. (*Pièces justificatives*, N° VII.)

Bois-Grolland avait encore à Saint-Cyr deux autres petites propriétés. La première, composée de trois sexterées, lui avait été donnée, en 1231, par Ozanne, femme de Guillaume Rollant, avec la permission de son mari et de ses fils. Ozanne avait autrefois vendu viagèrement ces terres, qui touchaient, dit l'acte, celles de Bonin Porcher, à Guillaume Bazoyns et à sa femme Jehanne, sa parente, pour le prix de VII livres tournois; puis, étant tombée gravement malade, elle ordonna aux acheteurs de donner annuellement V sols tournois à Bois-Grolland, afin de faire célébrer l'anniversaire de sa mort, recommandant qu'après leur décès les trois sexterées revinssent à l'abbaye, si elle voulait restituer cent sols dont elle lui avait fait l'aumône. La donatrice prévoyait même le cas où l'un de ses héritiers voudrait rentrer en possession; elle lui enjoignait de remettre les cent sols tournois, et de payer la rente de V sols la veille de Noël [1].

La seconde propriété lui venait de la donation d'un champ et d'un petit pré situés près d'Archais, sur les chemins qui conduisent de ce lieu à Curzon et à Talmond [2], faite, en 1234, par Guillaume de La Motte, chevalier, qui les avait achetés

[1] Cartulaire de Bois-Grolland, N° 104.

[2] L'acte original fut rédigé en présence d'Etienne, vicaire de Talmond. (Cartulaire de Sainte-Croix-de-Talmond, N° 138.) — Archiais était une seigneurie dont la circonscription s'étendait jusqu'aux fiefs

XII livres de Drollaz, aussi chevalier, et de sa femme Pétronille, fille de Pierre de Veer.

Quant à l'abbaye de Sainte-Croix de Talmond, elle avait pour sa part la terre de la Gillerie [1]. Ce village, qui paraît remonter à une époque assez reculée, n'est cependant cité pour la première fois qu'au milieu du XVe siècle. La perte des titres qui le concernent explique le silence complet des chartes parvenues jusqu'à nous.

Les religieux de Sainte-Croix, selon la coutume du pays, faisaient d'abord cultiver la Gillerie par des métayers ou plutôt par des colons partiaires. En 1440, ils furent forcés de plaider contre le nommé Mathé Beliart, qui l'occupait alors, et obtinrent gain de cause, le 10 octobre, devant le sénéchal du Poitou. Le 4 mai 1444, Jehan Mazoué [2], habitant de Saint-Cyr, prit la propriété de ferme, moyennant quatre écus vieux, ou les deux parts d'un marc d'argent, plus cinq sols à la seigneurie de Saint-Benoît et le droit de *forcheage* à celle de Poiroux [3].

La famille Champdefain [4] avait des droits sur la Gillerie, et cette communauté d'intérêts amenait souvent des difficultés avec les moines de Talmond. En 1445, Guillaume Vivien, écuyer, seigneur de l'Acheneau, mari de Michelle de Champdefain,

de vignes de la Jonchère, qui empiétaient un peu sur le territoire de Saint-Cyr. On trouvera au No VIII des *Pièces justificatives* une charte concernant ces vignes. Elle est une des preuves de l'ancienneté de la famille Gazeau. Archiais possédait une chapellenie dont le titulaire payait 15 sols de garde au château de Curzon.

[1] La Gillerie est aussi nommée la Juillerit ou Juglerit. « *La Juillerit de Saint-Cyr, de la chastellenie de Poiroux* », dit un acte du XVe siècle. On y avait bâti un prieuré qui fut détruit à la Révolution.

[2] La famille Mazoué existe encore à Saint-Cyr.

[3] Archives de la Vendée.

[4] Cette famille posséda plus tard la seigneurie de l'Orberie, près de Fontenay, qui passa ensuite aux Tiraqueau.

dame de la Pepinière [1], proposa un accommodement, et renonça à toute espèce de redevance, à la condition qu'on lui abandonnerait le fief de vigne de Puyviau, situé dans la paroisse de Saint-Benoît. Frère Jehan Pison, abbé de Sainte-Croix, consentit à cet échange, et, le 18 août, se transporta à La Roche-sur-Yon, où Pierre Thomazeau, licencié ès-lois, et Jehan Moreau, garde du scel, rédigèrent l'acte qui devait arrêter les contestations futures [2].

Je mentionnerai en passant une importante découverte de monnaies de la seconde race faite à la Gillerie, il y a environ une douzaine d'années. On sait que les pièces de cette époque sont presque toutes rares, et que les numismatistes ont grand soin de recueillir les renseignements les plus minutieux sur la composition des enfouissements. Celui de la Gillerie prouve de nouveau l'exactitude du système de mon collègue M. Lecointre-Dupont et de M. Cartier sur les deniers de Melle, au nom et au monogramme de Charles [3]. En effet il ne contenait que des monnaies de Louis-le-Débonnaire et de Charles-le-Chauve, et les dernières étaient à fleur de coin, tandis que les autres étaient en général un peu usées par la circulation. Voici d'ailleurs le catalogue détaillé de la découverte.

LOUIS-LE-DÉBONNAIRE.

1° Denier à la tête de Melle. — 1 exemplaire. (Très-usé.)
2° *id.* de Quentowic. — 2 exemplaires.
3° *id.* d'Orléans. — 2 exemplaires. (Usés.)

[1] Fille unique de Maurice de Champdefain, écuyer, seigneur de la Gillerie, et de Jacquette de Lestang, qui se remaria à Guillaume Barbastre, écuyer, seigneur de la Chassandière.

[2] L'abbaye de Jard avait quelques terres à Saint-Cyr; mais il m'est impossible d'en parler, par suite de la destruction totale des chartes et papiers de ce monastère.

[3] V. la *Revue numismatique* et l'*Essai de M. Lecointre-Dupont sur les monnaies du Poitou.*

4° Denier de *Metallum* dans le champ. — 3 exemplaires.
5° *id.* *Metallum* circulaire. — 1 exemplaire.
6° *id.* de Bourges. — 1 exemplaire. (Usé.)
7° *id.* de Lyon. — 1 exemplaire. (Usé.)
8° *id.* de Reims. — 2 exemplaires.
9° *id.* de Tours. — 1 exemplaire.
10° *id.* de Dorestadt. — 5 exemplaires.
11° *id.* de Rouen. — 1 exemplaire. (Très-usé.)
12° *Christiana religio.* — 9 exemplaires. (Argent très-pur et beau type.)
13° Obole de Melle. *Metallum* circulaire. — 2 exemplaires.
14° *id.* aux marteaux. — 1 exemplaire. (Usé).
15° *id.* *Christiana religio.* — 4 exemplaires.

CHARLES-LE-CHAUVE.

1° Denier de Melle. — 27 exemplaires. (Fleur de coin.)
2° *id.* d'Orléans. — 2 exemplaires.
3° *id.* de Tours. — 3 exemplaires.
4° Obole de Melle. — 11 exemplaires. (Superbe conservation.)
Total : 61 deniers et 18 oboles [1].

La présence d'un enfouissement aussi considérable dénote qu'il y avait à la Gillerie des habitations bâties dès le IXe siècle [2].

Jusqu'ici les documents ne nous ont pas fait défaut. Les couvents, on le sait, ne négligeaient pas leurs intérêts, et songeaient surtout à la tranquille possession de leurs immenses domaines, dangereux appât que n'attaquaient jamais en vain

[1] J'ai recueilli toutes ces monnaies peu de jours après la découverte.

[2] Quelque temps après cette première découverte, on trouva encore des monnaies d'or dans les champs qui avoisinent l'ancien prieuré de la Gillerie. Je n'ai pu voir qu'une seule de ces pièces, qui était un franc à cheval du roi Jehan. Les autres étaient nécessairement de la même période.

d'imprudents compétiteurs. S'il était permis d'employer ici une comparaison triviale, on demanderait si les auteurs des interminables procès suscités au clergé pendant des siècles n'ont pas toujours eu le sort de ces malheureux agneaux qui laissent les flocons de leur laine aux buissons dont ils ont voulu brouter les feuilles. Quel respect doit toutefois garder l'antiquaire pour la mémoire des moines, lui auquel ils ont légué d'inépuisables richesses ! Sans les archives des monastères, où seraient ces recherches laborieuses, ces espérances si souvent déçues et toujours renaissantes, qui font le bonheur de sa vie solitaire ?... joies modestes et tranquilles, calomniées de ceux qui ne peuvent les comprendre.

Nous allons encore emprunter aux cartulaires du Talmondais les premiers titres qui se rattachent à l'histoire des seigneurs de Saint-Cyr. Ces renseignements laissent du doute sur un point que je vais formuler et discuter ensuite.

Saint-Cyr appartenait-il, aux XIe, XIIe et XIIIe siècles, aux seigneurs de Poiroux ? Trois raisons me font pencher vers l'affirmative : 1° parce que l'église était, au XIe, dans la possession de la famille de Bul, fait entraînant presque toujours la propriété de la terre ; 2° parce que Guillaume de Chantemerle et Guillaume d'Apremont, héritiers des de Bul, donnèrent à Orbestier et à Bois-Grolland des biens considérables dans la paroisse ; 3° parce que Saint-Cyr relevait de Poiroux, ce qui ne peut s'expliquer que par une concession des seigneurs de ce dernier lieu. En tous cas, voici la généalogie des de Bul, dressée sur des chartes conservées aux archives de la Vendée [1].

La famille de Bul possédait, dès une époque très-reculée, une partie de la terre de Poiroux, qui passa plus tard tout en-

[1] Abréviations employées dans la généalogie des de Bull : Cartulaire de Sainte-Croix de Talmond, S. C. T. — *id.* d'Orbestier, O. ; — *id.* de Fontaines, F. ; — *id.* de Bois-Grolland, B. G.

tière entre ses mains, probablement par quelque alliance avec les anciens propriétaires [1].

I. Ramnulfe, premier mari d'Ermodilis, figure dans la charte de fondation de Sainte-Croix-de-Talmond (1046); il existait encore vers 1072 [2]. Il laissa trois fils et une fille :

1° Pierre, qui suit;

2° Ramnulfe II, cité dans diverses chartes de S. C. T.;

3° Guillaume I, mentionné dans la charte de fondation du prieuré de Fontaines (1050). Lors d'un procès qu'eurent plus tard les moines de ce monastère, il fit partie de la cour des pairs (*proceres*) du Talmondais, chargée de juger le différend (1080). Voici en quels termes s'exprime la notice du plaid : « *Willelmus, filius Ramnulfi de Bullio, à puero in curia Willelmi* (Guillaume-le-Chauve, seigneur de Talmond) *nutritus et ejus tempore longo spatarius* (chevalier attaché à la personne, garde du corps, porte-épée), *actuum ejus ut pote semper præsens et conscius.* »

4° Aldearde, femme de Ulric de Revroc.

II. Pierre I, cité dans la charte de fondation de Talmond. Ce fut lui qui donna l'église de Saint-Cyr à l'abbaye de Saint-Cyprien de Poitiers. Il eut de Maxence, sa femme (S. C. T., 28.) :

1° Pierre, qui suit;

2° Ramnulfe III;

3° Aimery I, qui alla à la Terre-Sainte vers 1128 (S. C. T., 163.);

[1] Une des branches de la famille de Poiroux (*de Perus* ou *de Perusio*) subsistait encore à la fin du XIIe siècle. Les documents historiques nous montrent que les *de Perus* et les de Bul portaient les mêmes prénoms : Pierre, Ramnulfe, Guillaume et Aimery.

[2] A la même époque vivait Hugolin de Bullio, qui était peut-être frère de Ramnulfe. On le voit figurer dans une charte de Sainte-Croix-de-Talmond, N° 18 du cartulaire. (Du temps de Vital, abbé de Sainte-Croix, sous Guillaume-le-Jeune, seigneur dudit lieu.) Hugolin était père de Hugues, qui de Maxence eut : 1° Guillaume, 2° Jehan.

4° Guillaume II, dit *Baudouin ;*

5° Arbert, époux d'Aurelina. Il mourut sans enfants, et sa succession retourna aux héritiers de Pierre, son frère.

III. Pierre II, dit *Meschinus*, cité dans une donation de la pêcherie d'Anglard aux moines de Fontaines. Il fut, comme son père, un des barons les plus renommés de la contrée, et fut élevé à la cour des ducs d'Aquitaine. Il ne laissa qu'un fils connu, qui suit [1].

IV. Aimery II fonda l'abbaye de Bois-Grolland au milieu du XIIe siècle, et fut enterré dans l'église de ce monastère (B. G., 3.). Il laissa deux fils :

1° Pierre, qui suit;

2° Aimery III, qui vécut jusqu'en 1180.

V. Pierre III donna à Bois-Grolland les dîmes de Marchieuil (B. G., 34.). Il vivait encore en 1182. De son mariage avec Aelina (B. G., 11.) naquit Maxence.

VI. Maxence, femme de Guillaume de Chantemerle [2] (*de Cantumerula*. B. G., 72, 78.), vécut jusqu'en 1204 (S. C. T., 472).

Là s'éteignit la famille de Bul. Ses biens passèrent à Guillaume d'Apremont [3], mari de Berthe. Après avoir perdu cette dernière, il épousa Ermangarde [4].

Ce personnage, qui a joué un assez grand rôle, a laissé une foule de chartes témoignant de sa libéralité envers les maisons religieuses. Le nombre vraiment énorme de ces dons a sans

[1] Une charte de Bois-Grolland fait supposer qu'il eut un second fils nommé Pierre.

[2] Guillaume de Chantemerle avait un frère nommé Pierre *de Alperusio*, qui possédait des droits à Mouchamps et dans la forêt de Vandrennes. (D. Fonteneau, T. IX, p. 169 et 177.)

[3] Fils de Rivalic d'Aizenay, qui vivait encore en 1230.

[4] Morte avant 1224. (B. G., 75.)

doute pour cause quelque voyage à la Terre-Sainte. La famille de Mauléon, à laquelle des liens féodaux attachaient Guillaume, l'entraîna également, par son exemple, à combler les monastères de présents, surtout à l'époque où Savary prit la croix à Saint-Michel-en-l'Herm. Le guerrier troubadour, dans les rares moments de trève que lui laissait la soif insatiable de périlleuses entreprises, habitait son château de Talmond, et ce fut dans un de ces instants de repos qu'il résolut de partir pour la croisade [1]. Les cartulaires des abbayes voisines contiennent plusieurs chartes qui font connaître diverses dispositions prises par lui à cette occasion. Je ne crois pas trop m'éloigner de mon sujet en reproduisant deux de ces pièces remarquables. (V. les Nos IX et X des *Pièces justificatives.*)

Guillaume d'Apremont laissa deux fils nommés Raoul et Guillaume.

Nous ne continuerons pas plus loin la liste des sires de Poiroux, et reviendrons à ce qui regarde spécialement Saint-Cyr.

La seigneurie [2] relevait de Poiroux; avait juridiction, four banal [3], moulin public [4], halles [5] et droit de garenne [6].

Le premier seigneur que l'on connaisse est Pierre Boschet ou Du Bouchet, *Petrus Boscheti*, d'une très-ancienne famille poitevine [7], possédant d'autres terres aux environs de Talmond,

[1] Savary n'exécuta point ce projet.

[2] Le château portait d'abord le nom de *Cour de Saint-Cyr* ou de *Treuil de Saint-Cyr.*

[3] Le four banal était sur l'emplacement de la bergerie du château. La plus ancienne mention est de 1370. Il était alors possédé par Jehan Guibert, qui payait 15 sols de redevance au château de Curzon.

[4] Actuellement *Moulin du Château*, près de la fontaine de Fougéré.

[5] Les halles étaient entre l'église et la grande route.

[6] La garenne était située entre *Moureau* et St-Sornin. Les hauteurs de *Moureau*, autrefois *Montmoureau*, étaient couronnées par un moulin qui fut brûlé par l'armée de Charette lorsqu'elle attaqua St-Cyr.

[7] Moreri fait sortir la famille Du Bouchet d'Auvergne.

et qui est mentionnée plusieurs fois, au XIIe siècle, dans le cartulaire de l'abbaye de Sainte-Croix. On peut, il est vrai, objecter que l'hononymie des noms n'est pas toujours une raison suffisante pour rattacher à la même souche les individus qui les portent. C'est mon avis, et il ne serait pas bien difficile de montrer au besoin la fausseté de certaines prétentions; mais n'est-on pas autorisé à suivre l'exemple des savants chargés de diriger les peintures de la Salle des Croisades de Versailles, où l'on admet les armes des personnes qui peuvent prouver l'existence d'individus, plus ou moins authentiquement rattachés à leur généalogie, figurant, au temps des guerres saintes, dans la contrée qui servait de résidence à quelque croisé du même nom? Les titres se vendent 200 francs (*prix net*) chez des *amateurs* et généalogistes connus.

I. PIERRE BOSCHET, chevalier, seigneur de Saint-Cyr et de Saint-Vincent-sur-Jard [1], fut reçu conseiller au Parlement de Paris en 1372. Dix ans après, le 2 octobre 1382, il fonda une chapellenie à Sainte-Croix-de-Talmond, et la dota richement en droits et domaines situés dans les paroisses de Saint-Vincent-sur-Jard et de Longeville, à la condition de dire des messes pour le repos de son âme et de celles de ses père, mère, *frères, sœurs* et parents. La pièce originale fait mention de la terre du Sableau [2], qui appartenait déjà à un Boschet du temps de Philippe-Auguste. Cette famille est donc originaire du Talmondais.

La grande réputation que s'acquit Pierre dans l'exercice de sa charge lui mérita l'honneur d'être élu, à l'unanimité, pré-

[1] Il est ainsi qualifié dans quelques actes, entre autres dans le contrat de mariage de son parent André Rouhault, chevalier, seigneur du Bois-Ménard, et de Jehanne Poussard, passé à La Rochelle, le 28 septembre 1400.

[2] Paroisse de Saint-Vincent-sur-Jard. Pierre Boschet prend le titre de *valet* dans l'acte de fondation.

sident en la grand'chambre, en remplacement de Jehan de Montagu. Il prêta serment le 29 avril 1389. Après la mort du premier président Jehan de Popaincourt, arrivée en 1402, il prétendit à cette haute dignité; mais, comme il était déjà âgé, on lui préféra Henry de Marle, malgré l'estime de la cour, qui, le jour de l'élection, présidée par le chancelier, motiva en ces termes, sur ses registres, la cause qui l'avait engagée à ne pas le nommer : « *Attendu que Boschet est bien aagé, foible et maladif, et de Marle fort et laborieux, si estoit esleu par la plus grande partie de trop, non obstant que toute la court eust pour recommandé la personne de Boschet, attendu ses suffisances de science, de vertus et aultres graces. Pourquoy seroit recommandé au roy, en ce que, en aultre manière, l'eust recommandé* [1]. »

Ses collègues lui témoignèrent, dans une autre circonstance, toute la considération qu'ils avaient pour lui. Un certain Jehan Gendreau ayant présenté au duc de Berry [2] une requête contre son honneur, le Parlement évoqua l'affaire et condamna le calomniateur à faire à genoux amende honorable devant Boschet, et à lui demander grâce.

Pernelle, vicomtesse de Thouars, l'avait également en grande estime, et lui donna, le 23 mai 1392, droit de moyenne et basse justice dans la paroisse de Thorigné (?), *en récompense des bons et agréables services rendus à elle et à ses prédécesseurs.*

Pierre Boschet mourut en 1410, laissant trois enfants connus : 1° Nicolas, qui suit; 2° Catherine [3], et 3° Jehan, chevalier,

[1] V. Blanchard, *Eloges des Présidents*, p. 25.

[2] Jehan de Berry, comte de Poitou.

[3] Catherine, dame de la Nouhe, près de Talmond, épousa Jehan du Puy-du-Fou, chevalier. Je profiterai de cette occasion pour donner la liste des plus anciens seigneurs de la terre de la Nouhe. Cette seigneurie appartenait, en 1359, à Arthur d'Aubigné ou d'Aubigny, chevalier, descendant de l'ancienne famille qui prenait son nom du bourg d'Aubigny, à quelques lieues de la Roche-sur-Yon,

seigneur d'Avaux, terre relevant de Talmond. Ce dernier avait épousé Catherine d'Appelvoisin, fille de Guillaume d'Appelvoisin et de Ide de Montfaulcon, dont il n'eut que Marie, mariée deux fois : 1° à Hélie Chasteigner, chevalier, seigneur de la Vergne-Samoyau (A l'occasion de ce mariage, qui eut lieu en 1417, et non en 1429, comme le dit Duchesne, dans sa *Généalogie de la maison de Chasteigner*, Marie reçut Avaux de son père.); 2° à Jehan Renaudineau, dont elle eut Andrée Renaudineau, femme d'André de La Varenne, chevalier, seigneur de Montbail. La terre d'Avaux demeura aux enfants qu'elle avait eus de son premier mari. Marie mourut le 30 août 1468.

II. NICOLAS BOSCHET, chevalier, seigneur de Saint-Cyr et de Puygreffier, rendit hommage au seigneur de Poiroux, le 2 janvier 1411, et alla ensuite payer à Talmond certains droits de rachat, entre les mains de messire Guillaume Taveau, chevalier,

et qui est citée au XIIe siècle sous la dénomination de *de Albiniaco*. En 1398, la Nouhe était à Catherine Boschet; à sa mort, arrivée en 1413, elle passa à son mari, Jehan du Puy-du-Fou; son fils Jehan l'eut par héritage en 1418; celui-ci étant mort, en 1444, sans laisser d'enfants de son mariage avec Marguerite de Chamballant, son frère puiné Pierre fut son héritier. Catherine, fille de ce dernier et femme de Jehan Le Mastin, écuyer, l'apporta à son mari en 1460. (Ce fut Jehan Le Mastin qui nomma la seigneurie la Nouhe-le-Mastin.) Jacques Le Mastin, seigneur de La Rochejaquelein, fils de Jehan, l'eut ensuite, en 1467; de lui elle passa, en 1508, à Hardoyn Le Mastin, l'aîné des enfants qu'il avait eus de son mariage avec Catherine Vernon; en 1522, Hardoyn décéda sans enfants, laissant sa succession à sa sœur Renée, dame de La Rochejaquelein, mariée, en 1505, à Guy Du Vergier, écuyer, seigneur de Ridejeu, le premier du nom qui prit celui de La Rochejaquelein; en 1526, Jacques Du Vergier hérita de sa mère. Après lui la terre passa aux Des Nouhes, ses parents, par le mariage de Tristant Des Nouhes, écuyer, seigneur du Palleys, avec Marie Le Mastin, sœur de la femme de Guy Du Vergier. Elle était, en 1570, à Charles Du Breuil, écuyer, époux de Jehanne Des Nouhes.

baron de Mortemer [1], sénéchal de la principauté, au nom de Pierre d'Amboise, vicomte de Thouars. Il y avait en ce moment nombreuse réunion près du représentant du seigneur suzerain. L'acte mentionne une foule de personnages distingués. On y lit les noms de Hugues Cathus, chevalier, seigneur des Granges-Cathus [2]; de Jehan Buor, chevalier, seigneur de la Mothe-Frêlon; de Guillaume Baritaud, chevalier [3]; de Marie Luneau [4], veuve de Jehan Girard, chevalier; de Guillaume Girard, chevalier, seigneur de la Guessière [5]; de Jehan Pousserèbe [6], chevalier; de Pierre Grignon, écuyer, seigneur de la Touche-Grignon; de Geoffroy de Beaumont, chevalier, seigneur de la Chapelle-Themer [7]; de Placidas de Machecoul, chevalier [8]; de Jehan du Puy-du-Fou, chevalier, seigneur de la Nouhe; de Thomas Fauveau, chapelain d'Archiais; de maître Pierre Royrard, écuyer, châtelain de Talmond [9]; de maître Léonard Du Vergier, conseiller de Pierre d'Amboise [10]; de Nicolas de La Bauduère,

[1] Guillaume Taveau, maire de Poitiers en 1388, et de 1395 à 1407, résidait ordinairement dans cette ville. Il recevait 40 livres pour sa charge de sénéchal de Talmond.

[2] Hugues Cathus, époux de Jehanne Joussaulme, morte en 1411, qui lui apporta la terre des Granges, à laquelle il donna le surnom des Granges-Cathus.

[3] La famille Baritaud a donné son nom aux Roches-Baritaud. Elle possédait plusieurs terres dans le Talmondais, entre autres Malescoute, dans la paroisse de Saint-Vincent-sur-Graon.

[4] De la famille des Luneau, anciens seigneurs de Bazoges.

[5] Guillaume Girard mourut le 15 octobre 1414, laissant un fils aîné nommé Jehan héritier de la Guessière. La famille Girard eut de ses membres sénéchaux de Talmond dès la fin du XIIe siècle.

[6] La famille Pousserèbe figure au XIIe siècle.

[7] Il mourut le 20 septembre 1414.

[8] Placidas de Machecoul mourut le 20 juillet 1413.

[9] Pierre Royrard, fils de Nicolas, sénéchal de Talmond en 1386.

[10] Léonard Du Vergier était de la famille connue sous le nom de La Rochejaquelein. Elle prend celui de Du Vergier d'un petit château situé près de Bressuire.

procureur de Talmond et d'Olonne, et de Loys de Villeneuve, capitaine du château [1].

Nicolas possédait quelques terres à Saint-Benoît, entre autres les Longières, relevant de Moricq, et les *Pressaincts*, qui lui venaient de la succession de Jehan Gaucherie, chevalier. Il avait épousé Héliette de Montfaulcon, fille de Pierre de Montfaulcon, chevalier, seigneur de Saint-Mesmin, et de Jehanne de Bazoges, dont Hector, qui suit.

III. Hector Boschet, chevalier, seigneur de Saint-Cyr, de Puygreffier, de Puyogier et de Sainte-Gemme [2], eut la seigneurie à la mort de son père (1424?). Il était seigneur de Puyogier à cette époque, puisqu'il en rendit hommage, le 31 mars, au vicomte de Thouars. Un autre aveu rendu à l'évêque de Luçon nous apprend qu'il était seigneur de Sainte-Gemme en 1442 [3]. Hector mourut en 1454, laissant : 1° Aimery, qui suit; 2° Nicolas, mentionné au N° V; 3° Pierre, chevalier, mentionné au N° VI; 4° François, père de Loys, seigneur de Sainte-Gemme.

IV. Aimery Boschet, chevalier, seigneur de Saint-Cyr, mentionné de 1455 à 1468. Il mourut sans enfants.

V. Nicolas Boschet. Ce personnage n'a probablement jamais existé, et la mention de son nom, que l'on voit dans un registre de comptes de Talmond, pour l'année 1469, vient sans doute d'une erreur de copiste. J'ai cru cependant devoir le placer sur la liste des seigneurs de Saint-Cyr, sans pouvoir apporter aucune autre preuve de son existence.

VI. Pierre Boschet, chevalier, seigneur de Puygreffier, Saint-Cyr et la Chaussée, vivait encore en 1475. Ce fut Pierre qui fit défricher une grande partie des bois dépendant de la sei-

[1] Il fut remplacé, en 1413, par Jehan de Maumont.

[2] Sainte-Gemme, près de Luçon, fut érigée en baronnie par les Du Bouchet.

[3] Des prairies situées dans la commune de Saint-Cyr portent encore le nom de Sainte-Gemme, en souvenir de cette seigneurie.

gneurie de Saint-Cyr, entre autres ceux qui couvraient le terrain compris entre *Nouma* [1], *Moureau* et les limites de Saint-Sornin. Il fit faire ces travaux sur les demandes réitérées des habitants du bourg, qui se plaignaient du voisinage des sangliers et des loups, et espéraient refouler plus loin ces voisins incommodes. Les bêtes fauves étaient dans ce temps très-nombreuses, à en juger par un passage du compte des sommes réclamées, en 1486, à Philippe de Commynes par les La Tremoille, pour les années de jouissance des terres de Loys d'Amboise [2], qui lui avaient été données par Loys XI. « .... *Pour l'intérest de la chasse, et du grant nombre de bestes qui ont esté prinses en la fourest de Talmond, où estoit chasse presque tous les jours, en manière que les cappitaines du seigneur de Commynes en ont nourry et entreteneu leurs gens et mesnaiges, et emporté sallées en leurs maisons à pleines charetées, où bon leur a semblé.* »

VII. François Boschet, chevalier, seigneur de Puygreffier, de Sainte-Gemme et de Puyogier, n'est mentionné dans aucun titre en qualité de seigneur de Saint-Cyr. Il est néanmoins probable qu'il eut ce fief en sa possession.

François avait épousé Isabeau du Puy-du-Fou, dont il eut: 1° Hector, seigneur de Puygreffier et de Sainte-Gemme, mort sans postérité; 2° Jehan qui suit; 3° Jehanne, qui épousa, le 30 septembre 1476, Jacques de Montalembert; 4° Anne, épouse de Abel Guéraud, écuyer, seigneur de la Pepinière.

[1] Nom d'une prairie.

[2] Le compte général des sommes, fait par Jehan Pellieu, conseiller au Parlement de Paris, s'élevait à la somme de 12,693 liv. 10 sols 9 den. et un tiers, pour tout le temps de jouissance de Talmond. — M. de La Fontenelle, dans son travail intitulé : *Philippe de Comyne en Poitou*, dit, à la page 5, que le nom de cet homme illustre doit s'écrire *Comyne*, et que cette orthographe est celle consacrée par sa signature. Il y a erreur de sa part, car toutes ses signatures portent *Comynes*, ce qui équivaut à *Commynes*, puisque le trait placé au-dessus du *m* remplace la double lettre, et que le *s* est très-distinct.

VIII. **Jehan Du Boschet** [1], chevalier, seigneur de Saint-Cyr, de Puygreffier, de Puyogier, de Sainte-Gemme et de la Chaussée, rendit hommage de la terre de Saint-Cyr, le 8 janvier 1482, à Nycole de Bretagne [2], dame de Poiroux. A la mort de son frère Hector, arrivée en 1494, il hérita de Sainte-Gemme et de ses autres terres. Ce fut lui qui rebâtit le chœur de l'église. De son mariage avec Jehanne de Bouer, de la maison de La Forgerie, en Anjou, il eut : 1° Charles, chevalier, seigneur de Sainte-Gemme, père du fameux Lancelot, connu sous le nom de Sainte-Gemme dans les guerres de religion ; 2° Joachim, écuyer, seigneur du Villiers-Charlemagne ; 3° Tanneguy, qui suit.

IX. **Tanneguy Du Bouchet**, chevalier de Saint-Michel, seigneur de Puygreffier [3] et de Saint-Cyr, baron de Poiroux, écuyer ordinaire et gentilhomme de la chambre du roi, célèbre dans les guerres de religion sous le nom de Saint-Cyr, naquit en 1484. Il hérita de la seigneurie vers 1535 [4].

Tanneguy consacra une grande partie de sa vie au métier des armes, et se retira ensuite dans ses terres, en 1546. Le 5 juillet 1548, il acheta de Jehan de Bretagne, duc d'Etampes, comte

[1] C'est le premier qui écrivit son nom de cette manière.

[2] Nycole de Bretagne de Penthièvre, femme de Jehan II de Brosses Sainte-Sévère.

[3] Je ferai remarquer que les Du Bouchet furent presque tous connus sous le nom de Puygreffier, et que la famille elle-même s'appelait en dernier lieu Du Bouchet-Puygreffier, pour la distinguer des deux ou trois autres du même nom que l'on retrouve en France à cette époque.

[4] On le trouve cité à cette date, en cette qualité, dans une sentence rendue par Hylaire Goguet, seigneur de Puyletard, sénéchal de Talmond et échevin du corps de ville de Fontenay. Je relèverai à cette occasion une erreur commise dans les *Recherches historiques sur Fontenay*, T. I, p. 162, où je dis que Hylaire, le lieutenant général en la sénéchaussée, qui défendit la ville contre Henry IV, était fils de Nicolas Goguet et de Claude Brisson. Ce personnage était né, au contraire, de Hylaire, dit l'Aîné, sénéchal de Talmond, et de Pérette Le Blanc. Cette famille portait *d'azur à trois coquilles d'or*

de Penthièvre, la baronnie de Poiroux, dont il rendit aveux à Talmond, le 4 avril 1552 [1]. Il eut l'année suivante quelques démêlés avec son neveu Lancelot, qui chargea de ses intérêts Joachim Du Voysin, seigneur de la Popelinière, père du célèbre historien [2].

Le protestantisme trouva dans Tanneguy un adepte fervent. Il fut des premiers à prendre les armes et à aller grossir le parti des révoltés. Nous le trouvons à la réunion de Nantes, où il fut chargé de soulever le Poitou, et au nombre des principaux chefs de la conspiration d'Amboise. Le prince de Condé, qui faisait grand cas de ses talents militaires et de sa prudence, le chargea, au commencement de 1562, d'aller protéger Orléans contre l'armée royale, et le nomma prévôt de cette ville. Tandis qu'il remplissait la charge qui venait de lui être confiée, le vieux calviniste, homme de mœurs sévères, et qui portait à la guerre le puritanisme caractéristique de quelques-uns de ceux de sa communion, eut occasion de faire une application exemplaire

en devise et un croissant d'argent en cœur, armes conservées par Jehan Goguet, écuyer, seigneur de la Rochegratton, trésorier de France, et maire de Poitiers en 1604.

[1] Archives de la Vendée.

[2] Lancelot Du Voysin, écuyer, seigneur de la Popelinière de Sainte-Gemme, était fils de Joachim Du Voysin et de Marie Le Tourneur. Il naquit, en 1541, au bourg de Sainte-Gemme, dans la maison de la Popelinière, aujourd'hui simple métairie. Son parrain fut Lancelot Du Bouchet, seigneur de Sainte-Gemme, qui témoignait beaucoup d'amitié à son père, ancien compagnon d'armes de Joachim Du Bouchet, seigneur du Villiers-Charlemagne. Joachim Du Voysin était alors fermier de l'abbaye de Moreilles, bail que sa femme avait encore en 1580, époque à laquelle elle le céda à divers habitants de Triaize. Cette transaction fut faite à Fontenay, dans la maison du sénéchal Pierre Brisson, chez lequel Marie Le Tourneur était descendue; ce qui prouverait l'existence de liens d'amitié entre les deux historiens Bas-Poitevins.

La Popelinière se maria à La Rochelle avec Marie Bobineau, de la famille de Pierre Bobineau, maire en 1577. Cette alliance l'attira près de son rigorisme. « On rendit à Orléans, dit de Thou, une sentence qu'on peut dire n'être pas de ce siècle, et être bien contraire aux mœurs de la France, dont Jehan Lefebvre, célèbre jurisconsulte, a autrefois écrit qu'on n'y condamnoit pas l'adultère. Des Landes, seigneur du Moulin, ayant été convaincu d'avoir débauché Godarde, femme de Jehan Godin, pendant que son mari étoit à l'armée, fut condamné à mort, et l'un et l'autre furent pendus sur la place publique. Ce fut Puygreffier, homme du vieux temps et juge sévère, que le prince de Condé avoit nommé prévôt de la ville, qui fit rendre cette sentence, soutenant que, dans un temps où le vice faisoit tant de progrès, on avoit besoin de faire un pareil exemple.

» Ce jugement fut si mal reçu à la cour que la plupart eurent l'impudence de dire tout haut qu'ils ne prendroient jamais pour maîtres des gens qui, par une sévérité nouvelle et jusqu'alors

des parents de sa femme, et ses opinions religieuses le fixèrent dans une ville qui était alors la véritable capitale du protestantisme en France. Lorsque la politique lui en laissait le temps, il allait se délasser avec ses amis à sa terre de la *Dune*, paroisse de Triaize, séjour dont il fait l'éloge à la page 153 de sa *Vraie et entière histoire des Troubles*, édit. de La Rochelle, 1573. La Dune passa plus tard à sa sœur Joachine.

La Popelinière avait trois sœurs : 1° Gillette, femme de Jehan Ranfray, élu à Mareuil, de la famille connue aujourd'hui sous le nom de *La Bajonnière;* 2° Joachine, femme de Jehan Godereau, seigneur de la Richerie, avocat à Fontenay; 3° Marie, femme de Jehan Goguet, seigneur de la Noubette, élu à Thouars, puis à Fontenay, fils de P. Goguet, seigneur de Biossay, et de de Yseult Trouvé. Il y eut un cinquième enfant du mariage de Joachim Du Voysin et de Marie Le Tourneur; mais j'ignore son nom. Ces trois mariages avec des roturiers prouvent que les Du Voysin étaient de cette noblesse intermédiaire, espèce de bourgeoisie possédant des fiefs nobles. (*Extr. de pièces de ma coll.*)

M. de La Fontenelle se trompe lorsqu'il dit, p. 259 du T. I. de l'*Histoire des Evêques de Luçon*, que ce fut Lancelot Du Voysin qui prêta 2,400 livres au chapitre de cette cathédrale. Cet emprunt fut consenti par son père.

inouïe parmi nous, avoient puni l'adultère, qui avoit toujours été impuni. »

On trouvera dans l'*Histoire des Eglises réformées ès royaume de France*, de Théodore de Bèze, et dans les autres historiens du temps, la relation détaillée de la conduite de Saint-Cyr dans Orléans, où il fut très-bien secondé par son lieutenant Jehan d'Aubigné, seigneur de Brie en Saintonge, père d'Agrippa. Il assista ensuite à la conférence qui eut lieu à Saint-Mesmin entre Catherine de Médicis et le prince de Condé. Profitant alors d'un moment de trève, il se rendit dans ses terres du Bas-Poitou. Mais, avant de parler du séjour qu'il y fit, il faut dire de quelle manière ses gens s'étaient comportés envers les catholiques durant son absence.

Aussitôt qu'il eut appris le massacre de Vassy, un certain Mongeny-Dessoupites, confident et homme d'affaires de Tanneguy, se mit à courir le pays, armé en guerre, et traînant à sa suite une petite armée de gentilshommes, de maraudeurs et de pillards. Ses vexations soulevèrent contre lui les habitants des campagnes et des marais circonvoisins, qui l'attaquèrent près du Port de la Claye, dans la nuit de Noël 1562, et se firent presque tous massacrer. Délivré de cet obstacle, le nouveau chef de partisans dirigea ses hostilités contre le curé et les autres prêtres de Saint-Cyr. D'abord il se contenta de les menacer; passant ensuite aux voies de fait, il les maltraita plusieurs fois d'une manière indigne, et ordonna de cesser les cérémonies du culte, ainsi que nous l'apprend un passage des remontrances au roi, rédigées à Bournezeau, le 10 septembre 1563, par Jehan-Baptiste Tiercelin, évêque de Luçon. « En l'église et paroisse de Saint-Cyr ne se fait aulcun divin service, ayant esté contrainct le prieur affermer à ung serviteur domestique du seigneur, nommé Mongenys, son dict prieuré à vil prix, ou aultrement n'en avoir rien, et avoir trouvé, faisant nostre visitation, par le rapport d'aulcuns des habitants, que le seigneur du lieu l'empeschoit aussi, ayant trouvé au sainct temple sacré grande quantité de foin et de paille [1]. » Afin de remédier à ces abus, Jonathas Petit, lieutenant général civil et criminel de Fontenay [2], fit saisir, le 26 juillet 1566, le revenu temporel de l'église et de celles des autres paroisses où le culte était interrompu [3].

Arrivé dans ses terres, Saint-Cyr approuva les désordres de Mongeny, et l'envoya répondre, au mois d'août 1563, au sénéchal Michel Tiraqueau, chargé de l'enquête contre les huguenots, que tout avait été fait par son ordre; puis, prenant lui-même le commandement de la bande de son homme d'affaires, il se mit en devoir de continuer ses infâmes attentats. Le 20 mars 1564, Mathurin Chevreul, prêtre, réfugié à Angles, se plaignit amèrement à l'évêque de Luçon d'avoir été frappé à coups de bâton, la veille de la Nativité de saint Jean, par le seigneur de Poiroux, venu avec quatre à cinq hommes à cheval, sous prétexte de chercher un neveu de cet ecclésiastique qui s'était enfui de ses prisons. « *Les coups, appliqués sur les bras et la tête, avaient été si forts*, ajoutait Chevreul, *que le sang avait jailli, et qu'il avait été contraint de rester longtemps entre les mains des barbiers pour se faire médicamenter.* »

Le terrible huguenot ne respectait pas plus les monuments que les hommes : toutes les églises qui se trouvaient dans le rayon de ses sorties eurent plus ou moins à souffrir. A Saint-Sornin, à la Jonchère, à Angles, au Champ-Saint-Père, à Bois-Grolland, à Poiroux, il leur fit subir de graves mutilations [4]. Un ministre faisait publiquement le prêche à Poiroux, où il avait

[1] D. Fonteneau, T. XIV, p. 501.

[2] Jonathas Petit fut ensuite prévôt des maréchaux en Saintonge, et composa l'*Anti-Hermaphrodite.*

[3] D. Fonteneau, T. XIV, p. 99.

[4] On ne saurait trop répéter que c'est aux protestants qu'il faut attribuer la ruine de la plus grande partie de nos monuments religieux. La Révolution leur a fait infiniment moins de mal qu'on ne le pense généralement; mais les gens haineux et irréfléchis trouvent plus facile de calomnier que de vérifier les faits qu'ils avancent.

établi sa demeure depuis 1564, et les prêtres catholiques avaient été chassés de ses terres, avec défense, sous peine de mort, de mettre le pied dans les lieux qui relevaient de ses seigneuries.

Tanneguy, abandonnant une conduite qui compromettait sa gloire, rejoignit l'armée calviniste, et figura dans presque toutes les batailles qui se livrèrent jusqu'à sa mort. Son activité incroyable le fit charger par le prince de Condé d'aller en Guyenne rassembler des troupes, et nommer gouverneur de La Rochelle [1]; puis il périt enfin glorieusement, le 3 octobre 1569, à la bataille de Moncontour. D'Aubigné raconte ainsi son dernier fait d'armes: « Ce vieillard ayant rallié trois cornettes au Bois-de-Méré, et reconnu que par une charge il pourroit sauver la vie à mille hommes, son ministre [2], qui lui avoit aidé à prendre cette résolution, l'avertit de faire un mot de harangue à ses gens de bien, « Courte harangue, dit le bonhomme, frères et amis, voici comment il faut faire! » Là-dessus, couvert à la vieille françoise d'armes argentées jusqu'aux grèves et sollerets, le visage découvert et la barbe blanche comme neige, âgé de quatre-vingt-cinq ans, il donna vingt pas devant sa troupe, mena battant tous les maréchaux de camp, et sauva plusieurs vies par sa mort. »

Saint-Cyr était, dit La Popelinière, un des plus résolus gens d'armes de France, et tous les historiens contemporains s'accordent à lui donner une grande réputation d'homme de guerre. Voici une inscription louangeuse que mon ami M. Dugast-Matifeux a relevé au bas de son portrait peint sur les murs d'une salle en ruine du château de Puygreffier [3]:

DES FRANÇOIS ENFANT PALLADIEN,
NÉ DE MARS ET MIGNON DE BELLONNE;
GLOIRE A COMBLÉ CE GLOBE TERRIEN,
VERTV PARAIST EN TA PROPRE PERSONNE.

[1] Il fut remplacé, au commencement de 1569, par le fameux La Noue. (V. l'*Hist. de La Rochelle* du P. Arcère, T. I.)

[2] Il se faisait accompagner partout par un ministre.

[3] M. Dugast-Matifeux a rassemblé, sur la famille Du Bouchet et le

La succession de Tanneguy passa à ses neveux [1], et ses deux seigneuries du Talmondais formèrent la part de Françoise Du Bouchet, femme du maréchal de Cossé-Gonnort, et fille de Charles, seigneur de Sainte-Gemme, et de Jehanne Du Bellay. Saint-Cyr sortit ainsi de la famille Du Bouchet.

Les armes de cette illustre maison étaient *d'argent à deux fasces de sable* [2].

Arthus de Cossé-Brissac, comte de Gonnort [3], époux de Françoise Du Bouchet, était fils de René de Cossé et de Charlotte de Gouffier. Il se signala, au commencement de sa carrière militaire, en qualité de lieutenant de cent hommes d'armes au siége de Lens et à la défense de Metz. Henry II, en récompense de ce brillant début, le nomma chevalier de Saint-Michel, en 1555. Mais Arthus était homme de plaisir, et aliéna sa fortune. La reine Catherine de Médicis, qui lui voulait du bien, le nomma surintendant des finances, faveur assez équivoque, grâce à laquelle il remit en peu de temps ses affaires en bon état. Brantome, l'historiographe de tous les scandales, raconte à cette occasion une anecdote qui ne fait guère honneur à la probité de Gonnort et à la présence d'esprit de Madame Françoise. « Il avoit, dit-il (le mari), la teste et la cervelle aussi bonne que les bras, encore que aulcuns lui donnèrent le nom de *Mareschal de bouteille*,

château de Puygreffier, de nombreux documents destinés à compléter l'histoire de Montaigu, qu'il donnera bientôt au public.

[1] Tanneguy mourut sans enfants, et ne se maria probablement pas; du moins on ne trouve aucun titre qui en fasse mention. Un mémoire fourni au Parlement, au XVIIIe siècle, prétend que Charles était fils de Tanneguy, et que Françoise était sa petite-fille. Duchesne dit positivement le contraire dans sa *Généalogie de la maison de Chasteigner.*

[2] Palliot, page 521, dit que les Du Bouchet portaient : *d'hermine papillonné de gueules.* Blanchard, dans ses *Eloges des Présidents*, reproduit ces armoiries avec quelques variantes.

[3] Arthus se trouvait aussi à la bataille de Moncontour dans les rangs des catholiques.

parce qu'il aymoit quelques fois à faire bonne chière, et rire, et gaudir avec ses compaignons; mais pour cela sa cervelle demeuroit fort bonne et saine, et le roy et la reyne se trouvoient bien de ses advis, se disoient-ils. Aussi l'advancèrent-ils, car ils le firent surintendant des finances, où il ne fit pas mal ses affaires, et mieux que les miennes, ce dit-on; aussi sa femme, qui estoit de la maison de Puygreffier en Poictou, malhabile pourtant, et n'estant jamais venue à la cour, sinon lorsqu'il eut cette charge de finances, lorsqu'elle fit la révérence à la reyne, elle remercia d'abord Sa Majesté de l'intendance qu'elle avoit donnée à son mary, « *car ma foy,* dit-elle, *nous estions ruynez sans cela, Madame; car nous devions cent mille escus. Dieu mercy, depuis un an nous en sommes acquittez, et si avons gaigné de plus cent mille escus pour achepter quelque belle terre.* » Qui rit là-dessus, ce fust la reyne, et tous ceux et celles qui estoient en sa chambre; sans que son mary, qui, bien fasché, dit assez bas qu'on ne l'ouyst: « *Ha! par Dieu! madame la folle, vous vuiderez d'icy; vous n'y viendrez jamais; qu'au diable soit-elle, me voilà bien accoustré!* » La reyne l'ouyst, car il disoit fort bien le mot, qui en rit encore davantage. Dès le lendemain, il lui fist plier son pacquet et vuider [1].

Les faveurs continuèrent néanmoins à pleuvoir sur Arthus. Il fut fait grand-pannetier en 1564; sa terre de Secondigny fut érigée en comté en 1566, et enfin le roi le nomma maréchal de France l'année suivante. Arrivé à ce titre éminent, il s'éloigna peu à peu de la cour, et prit parti pour le duc d'Alençon. C'était être à la fois ingrat et peu clairvoyant; car ce prince fourbe et sans courage l'abandonna à la colère de sa mère, qui le fit mettre à la Bastille, où il resta dix-sept mois. Henry III

[1] Brantome, *Vies des hommes illustres et grands capitaines français*; art. du maréchal de Cossé. — Françoise Du Bouchet mourut quelques années après, et son mari se remaria à la sénéchale d'Agenais.

l'en fit sortir en arrivant au trône, et le créa chevalier du Saint-Esprit le 31 décembre 1578. Dégoûté toutefois de la cour, il se retira à son château de Gonnort, en Anjou, et y mourut le 15 février 1582. Le maréchal de Gonnort ne laissa qu'une fille, nommée Renée, de sa première femme Françoise Du Bouchet. Renée se maria à Charles de Montmorency [1], amiral de France, dont elle n'eut point d'enfants. A sa mort, ses biens furent partagés entre ses neveux, et Louis de Gouffier, duc de Rouennez, eut les terres de Saint-Cyr et de Poiroux [2].

Tandis que la seigneurie était entre ses mains, la contrée eut beaucoup à souffrir des nouveaux troubles suscités par les protestants. En 1621, ils firent plusieurs descentes sur le Lay et ravagèrent tous les bourgs voisins. Ils avaient établi leur place d'armes à Saint-Benoit, d'où ils pouvaient facilement communiquer avec La Rochelle, et de là ils étendaient leurs brigandages depuis Luçon jusqu'aux Sables. Les malheureux habitants du Talmondais, réduits à la plus affreuse misère, implorèrent le secours de Louis XIII, qui envoya à leur aide le maréchal de Praslin, le duc d'Elbeuf et le comte de La Rochefoucault. La petite armée placée sous leurs ordres vint attaquer Favas, La Noüe et Bessay [3] dans leur repaire, et les mit en pleine déroute dans la nuit du dimanche au lundi 28 juin. Après cette victoire, les généraux catholiques firent saccager les châteaux de la Brunière et de la Grenouillère, qui appartenaient à des

[1] Charles de Montmorency, troisième fils du connétable Anne et de Madeleine de Savoie, fut successivement gouverneur de Paris et de l'Ile-de-France, colonel général des suisses, chevalier des ordres du du roi, lieutenant général en Orléanois, Touraine, Maine, grand et petit Perche, Lugdunois, pays Chartrain et Montargis, et enfin amiral de France le 21 février 1586. Il mourut en 1612, âgé d'environ 75 ans.

[2] Louis de Gouffier, neveu à la mode de Bretagne de Renée, par Charlotte de Gouffier, grand'mère de cette dernière.

[3] Chefs protestants.

chefs huguenots [1], et laissèrent des garnisons à Saint-Benoît et à Saint-Cyr [2].

Louis de Gouffier vendit, le 6 juillet 1627, Saint-Cyr et Poiroux à Charles Bodin, seigneur de la Rollandière. Le premier fut donné en échange de Puyrameau, et devint la propriété privée de Marthe Chabot [3], femme de l'acheteur.

Charles Bodin [4] mourut en 1640, laissant un fils, nommé Anne, et une fille sous la tutelle de leur mère, qui finit elle-même ses jours en 1645. La mort de Marthe fut on ne peut plus fatale à ses enfants, car, depuis longues années, elle seule était parvenue à mettre un peu d'ordre dans les affaires de son mari. Poiroux et Saint-Cyr avaient déjà été saisis en 1633, mais son active vigilance avait momentanément retardé la ruine de sa maison. Un peu plus tard, Pierre Charrieu, seigneur de Fieflambert [5], commissaire aux saisies réelles du baillage de Fontenay, fondé de pouvoirs de Renée d'Avaugour, fit de nouveau séquestrer ces terres, qui furent mises en vente et achetées, le 9 janvier 1650, avec les autres domaines de la succession de Charles Bodin, par Pierre Yvon, seigneur de l'Ozière, conseiller d'Etat.

Trois parents des Bodin : deux du côté paternel, Samuel Maréchal, baron de Villiers [6], et Théophile Bodin, seigneur de

[1] La Brunière du Givre appartenait à Jonas Bodin, seigneur de la Rollandière, et la Grenouillère de Curzon à la famille de La Tousche.

[2] V. aux *Pièces justificatives*, N° XI, la relation de l'affaire de Saint-Benoît, reproduite d'après une rare brochure du temps.

[3] Veuve d'Isaac de Machecoul, dont elle avait eu plusieurs filles.

[4] Ce fut Charles Bodin qui rebâtit le château. Il ne reste plus aujourd'hui qu'une aile de cette construction, qui était flanquée de tours.

[5] Ancien notaire de Fontenay, qui se fit anoblir et fut la souche d'une lignée de gentilshommes.

[6] Fils de Baptiste Maréchal, écuyer, seigneur de l'Imbretière, et de Madeleine Du Bouchet, fille de Joachim Du Bouchet, seigneur du Villiers-Charlemagne, neveu de Tanneguy.

la Barre de Saint-Sornin, et un du côté maternel, Philippe Chabot, seigneur du Chaigneau, convinrent entre eux de retirer, par droit de retrait lignager, les biens adjugés à Pierre Yvon. Le 30 août 1652, ils les partagèrent entre eux : Poiroux demeura à Samuel Maréchal, et Saint-Cyr passa entre les mains de Philippe Chabot, qui le céda au seigneur de la Barre [1].

Théophile Bodin mourut en 1662, et eut pour héritière sa fille Marguerite.

La série des seigneurs se trouve interrompue pendant un demi-siècle, à partir de cette date. En 1728, Saint-Cyr fut vendu à Gabriel Dorin, seigneur de la Jonchère, gendarme de la garde du roi. De lui il arriva à Victor Gourdeau, dont les descendants le possédèrent jusqu'à la Révolution.

Je passerai sous silence les longs procès suscités entre les princes de Talmond et les barons de Poiroux, sur la question de savoir à qui devaient être rendus les aveux. Le Parlement donna gain de cause aux La Trémouille, décision mal fondée [2] que ceux-ci durent à l'influence de leur entourage, dans un temps où la justice était à la merci des intrigues de ruelles et de boudoirs.

Les premiers mouvements de la Révolution épouvantèrent les Gourdeau, et les engagèrent à prendre la fuite à l'étranger. Selon la loi commune, leurs biens furent vendus au profit de l'Etat, avec les propriétés de la cure, du prieuré et des autres établissements ecclésiastiques.

Le grand soulèvement religieux de la Vendée n'atteignit pas d'abord la commune [3], placée à l'extrémité du pays révolté,

[1] Ces renseignements m'ont été communiqués par M. de Lézardières, qui a eu la bonté de m'envoyer de curieuses notes extraites des archives de la baronnie de Poiroux, ancien domaine de sa famille.

[2] Saint-Cyr appartint d'abord aux seigneurs de Poiroux, et releva toujours de cette seigneurie jusqu'au XVIIIe siècle.

[3] La commune prit, pendant la République, le nom de Saint-Cyr-la-Plaine.

malgré le voisinage du Champ-Saint-Père. Elle en fut quitte pour quelques visites à main armée, qui engagèrent [1] les autorités militaires à y placer un poste de soldats improvisés venus de tous les départements, ramas impur de misérables dont les excès firent un mal immense à la cause de la République. Des plaintes furent vainement portées aux généraux ; il fallut attendre que les chances de la guerre les appelassent en d'autres lieux.

Les habitants se croyaient sauvés de toute invasion des armées catholiques, lorsque le 3 vendémiaire an IV (24 septembre 1795) leur petite garnison fut attaquée par l'armée de Charette [2]. Ce chef venait de voir échouer l'espérance si longtemps nourrie de posséder un prince de la maison de Bourbon à la tête des insurgés. Arrivé à l'Ile-Dieu sur des vaisseaux anglais, le comte d'Artois n'avait pas osé venir partager le sort des derniers débris de l'héroïque Vendée, et avait fait pressentir l'indigne conduite de sa race ingrate envers ceux qui survivraient à tant de combats. Les *alliés* du frère du prétendant promirent, avant de mettre à la voile, de débarquer des munitions de guerre.

Charette, exaspéré et réduit aux abois, voulut encore favoriser de tout son pouvoir la réalisation d'une promesse aussi illusoire que les précédentes. Un conseil de guerre, assemblé à Nesmy, le 23, décida, contre l'avis du général, que l'on attaquerait le poste de Saint-Cyr, défendu par 200 hommes de la 157e demi-brigade [3]. L'armée, forte de 8,000 fantassins et de 700 cavaliers, se mit de suite en marche, et alla bivouaquer dans les landes du Champ-Saint-Père. Durant la nuit, un acci-

[1] En brumaire an II.

[2] Le poste de Saint-Cyr avait une grande importance, en ce qu'il facilitait les communications de Luçon aux Sables et protégeait les côtes de l'Aiguillon et de la Tranche, où Charette voulait arriver.

[3] Ce chiffre est exact, car il est pris sur l'état original dressé la veille de la bataille.

dent ayant mis le feu à un petit bois, les républicains eurent vent de la marche de l'ennemi, et se réfugièrent dans l'église qu'ils barricadèrent et percèrent de créneaux. Charette sut le matin qu'il était découvert, et voulut rétrograder : Guérin et Le Moëlle s'y opposèrent de toutes leurs forces. « Vous le voulez, s'écria-t-il, vous le voulez! eh bien! f....., il nous arrivera malheur! » La Roberie, Lecouvreur, Malestroit et Pajot allèrent occuper le Port de la Claye, afin de fermer le passage aux troupes de Luçon; Charette se porta vers la route des Sables, et Guérin se mit à la tête de la colonne d'attaque.

Les braves républicains répondirent par des décharges et le chant de la *Marseillaise* à la sommation du chef du pays de Retz. Le Moëlle lance aussitôt les chasseurs de Badereau contre l'église; mais ils sont obligés de se réfugier dans les maisons voisines. Guérin les ramène inutilement au combat; il a deux chevaux tués sous lui. Ces tentatives infructueuses font songer à incendier l'église. Une malheureuse femme du lieu, nommée N.... Bernard, est amenée sur le champ de bataille et menacée de mort « *si elle ne donne pas du feu* » aux assaillants; les soldats lui crient du clocher qu'ils la tueront au premier pas qu'elle fera. « *Allons, pataude, en marche!* » lui dit un Vendéen en lui mettant une arme sur la poitrine, et elle tombe sous les balles des assiégés.

Cependant les Vendéens parcourent le bourg abandonné et parviennent à se procurer des tisons enflammés; puis, tandis que l'attaque recommence, ils allument le prieuré et une autre maison, espérant envelopper les républicains de fumée et leur cacher l'escalade; mais leur courage ne faiblit pas dans ce moment suprême, et leurs ennemis sont de nouveau obligés de rétrograder, après avoir perdu Grossetière et La Voute. A cet instant, Charette, impatienté de la longueur de ce combat inégal, débouche du côté du cimetière; la troupe de Guérin ne le reconnaît pas au milieu des nuages de fumée, et un engagement déplorable a lieu. Les chefs, effrayés de cette erreur, songent enfin à se retirer, quand Guérin, ivre de rage, demande à tenter un nouvel assaut. Ses paysans et quelques officiers le suivent; Le Moëlle est percé d'une balle, le déserteur Charpentier périt à ses côtés, et lui-même est frappé à mort par le caporal Marca [1]. Ce fut le signal de la retraite, et Charette prenait déjà la route du Bocage, lorsqu'il apprit que sa division du Port de la Claye en était venue aux mains avec la garnison de Luçon. Le lecteur trouvera la relation de cette partie de l'affaire de Saint-Cyr dans la lettre du général Grouchy, donnée au N° XII des *Pièces justificatives*.

Les Vendéens perdirent plus de 200 des leurs dans le combat. Leurs corps furent jetés dans un abreuvoir rempli de chaux, qui a pris depuis le nom de *Trou des brigands*.

Ce brillant fait d'armes, accompli par une poignée de braves, causa une joie universelle dans les villes de la Vendée. Des rapports louangeux furent adressés au gouvernement; mais les généraux, qui y parlent avec tant de complaisance de ce qu'ils ont fait à la fin de la journée, ont oublié le nom du capitaine commandant le bataillon de la 157e demi-brigade.

Jusqu'en 1815 Saint-Cyr demeura tranquille; mais, à la seconde entrée des étrangers sur le sol de la patrie, quelques bandes s'étant formées dans la Vendée, l'une d'elles, commandée par un sieur Robin des Baraudières, *général de la division du Champ-Saint-Père*, envahit son territoire. L'armée royale planta le drapeau blanc sur le clocher, vida les caves et se retira en proférant des menaces, après avoir mis à mort tous les habitants des basses-cours, qu'elle emporta triomphalement à son quartier-général.

Dans la nuit du 22 au 23 mai 1832, l'imprudente tentative des royalistes sur le Port de la Claye, que fit échouer le courage de Fréron, sergent au 17e léger [2], répandit une dernière fois

[1] Guérin fut enterré au Petit-Bourg sous La Roche-sur-Yon.

[2] Fréron était de Paris.

l'alarme dans la contrée, et donna lieu à une manifestation non équivoque du patriotisme des gardes nationales des alentours. M. Crétineau, le romantique historien de la Vendée militaire, a donné une version inexacte de cet incident dans son livre, qui fourmille d'erreurs de ce genre, et qui n'est, à proprement parler, que l'apologie exagérée d'une famille [1] au détriment des autres héros de nos guerres civiles.

Aujourd'hui Saint-Cyr est un petit bourg de l'arrondissement des Sables, canton des Moutiers-lès-Mauxfaits, entouré de plaines fertiles qui s'étendent aux pieds du mamelon sur lequel il est bâti. Sa population, de 528 habitants, est peu riche, et composée en grande partie de petits propriétaires; aussi le nombre des mendiants est très-minime, encore sont-ils nourris dans la commune. La grande route de Luçon aux Sables [2], construite avant la Révolution, en fait un lieu de passage, et les foires nouvellement établies, les 8 mai et 10 août, contribuent à son modeste bien-être.

Saint-Cyr-en-Talmondais, mars 1847.

[1] Les La Rochejaquelein.

[2] La nouvelle route du Port de la Claye à la Chaise-Giraud traverse son territoire depuis six ans.

PIÈCES JUSTIFICATIVES.

N° I.

Rainaldus Flocellus dimisit et concessit monachis Sancti Cipriani quartam partem ecclesie SANCTI CYRI, quicquid ecclesie pertinebat, et baptisterii, sepulture, offerende, et quatuor sextarios in area, duos frumenti et duos sigle. S. Rainaldi Flocelli; S. Petri de Bul et filiorum ejus; Giraldi Mantrola; Ulrici de Ruvrot; Stephani monachi; Garini monachi.

— Ulricus de Ruvrot et uxor ejus et filii concesserunt monachis Sancti Cipriani tres partes decime terrarum et vinearum in villa SANCTI CIRI, de una masura que jure paterno illis exercebat. S. Ulrici et Aldeardis uxoris ejus, et Pagani et Normanni filiorum ipsorum; S. Petri de Bul et filiorum ejus; Rainaldi Longi; Rainaldi Cheserenia meschini; Garnerii de Ruvrot.

— Rotbertus filius Iterii concessit monachis Sancti Cipriani quartam partem decime vinearum in parrochia SANCTI CIRI, videlicet de *Coldrei* [1], sicut dividit via de *la Cleia* et de vineis que sunt ad *Crucem Rezirs* Petri de Bul et de *Falgeriaco* [2] et de *la Psalleria*, et ad *Laureos* [3] de medio jucto quartam partem

[1] Le Coudray.
[2] Fougeré.
[3] Les Lauriers, sur la route de Saint-Cyr à Curzon.

decime, et de vineis que sunt ad caput ecclesie, et ad crucem SANCTI CIRI ex medio jucto, et in podio de *Ruvrot*[1] et ad *Marchival*[2], et de claustro *Lapilloe*, et supra pratum monachorum ex medio jucto, et ad marchias quartum, et retro tuscam Ulrici de Ruvrot de tres quarterios, et in vineis de *Maunas*, et ad *Pelfoleria* ex utraque parte vie, de vineis cultis habere eos quartam partem decime vini, sicuti jam dictum est, et de desertis similiter quartam partem annone.

S. Rotberti filii Iterii; S. Ursi, fratris ejus et filiorum ejus, qui pariter omnia concesserunt; S. Petri de Bul filiorumque ejus; S. Stephani filii Christiani; Ulrici de Ruvrot; Aimerici Godefredi; Stephani monachi; Guarini monachi. Philippo regnante. Acta sunt hæc Isemberto vivente episcopo.

(D. FONTENEAU, T. VII, p. 59, *cartulaire de Saint-Cyprien*, f° 127 v°.)

N° II.

Petrus de Bul filiique ejus concesserunt monachis Sancti Cypriani medietatem ecclesiæ SANCTI CYRI, prope Cursionem castrum, omniumque rerum ad eam pertinentium, baptisterii, sepulturæ et offerendæ et octo sextarios in area, quatuor frumenti et quatuor sigle, et quartam partem annonæ in area, et redecimationem et medietatem decimæ vini, agnorum, porcorum, vitulorum, lanarum, lini, cabanarum aliarumque rerum totius parrochiæ, et furnum suum de castro Cursioni et terram de *Frosepoes*, quæ dividit cum terra Geile de Ricc et Willelmi Meschinot. Dederunt quoque medietatem annonæ quæ fuerit seminata in vineis desertis. S. Petri de Bul filiorumque ejus,

[1] Revroc.

[2] Marchieuil.

qui hæc fecerunt; S. Stephani monachi; Giraudi presbyteri; Giraldi Mantrole; Pontii Thalamonensis; Ciranni Thalamonensis; Bochardi de Riec; Aimerici filii Calvini. Philippo regnante.

— Mainsendis, uxor Petri de Bul, concessit monachis Sancti Cypriani ecclesiam SANCTI CIRI, quam illis jam concesserat senior suus, et quicquid jam datum fuerat illis de casamentis suis vel in antea dandum fuerat, vel ipsi monachi jam adquisierant, vel adquisituri erant.

(D. FONTENEAU, T. VII, p. 143, *même cartulaire*, f° 127 v°.)

N° III.

Temporibus domini Guillelmi abbatis, Guillelmus consul, Guillelmi magni consulis filius, cum in exordio sui principatus a chastro Talemundo, quo pridie venerat, recederet, Guillelmus de Lezeiaco, Huguonem Brunnum de Lezegnio et alios nonnullos ex commitatu ejusdem consulis barones cepit, captosque diutius audaciter tenere presumpsit. Qua ex causa, dum prefatus consul Talemundum accedere vellet apud Longamvillam in domo monachorum, per aliquos dies, diversorium habuit; qui ex sui violentia contubernii, monachis hospitibus cum ipsius domus, cum rerum eorum devastatione dampna per maxima irrogavit; hinc, itaque, quodam die de lecto mane surgens Fucherius Ruffus, monachus astitit, eique dixit : Quia nostræ in domo cohabitatio nobis non modicum intulit dispendium, par est ut nobis quantulacumque muneris largitate placare studeatis; quo incommodo nostre curie consortio non mediocriter gravatis, precor igitur, dux optime, precor et obsecro ut nobis et post nos huic loco in nemore Jardo bustam, tam nostre domus usui quam ceteris necessitatibus nostris, ad focum sufficientem tribuatis; quatenus si aliarum a nobis demolicionem rerum patimur, inde saltem bona fortuna ditari videamur. Idem consul ut audivit, bustam monachis ut postulatus erat libentissime donavit. Testes sunt Arnaldus de Morinaco, Brictio et Lemovicinus aliique qui ut tanto principi assistebant quam plurimi. Hoc actum est ab Incarnatione Domini anno millesimo C. XX° VI. sub IIII[a] indictione; ipso scilicet anno quo Guilhelmus consul totius speculum probitatis obierat, quem instar Alexandri, Philippi vel Pompei Romani, seu quoque juxta nomen magnorum qui sunt in terra virorum, ob magnam suam prerogativam virtutum, universalis urbanitas vocari censeat magnum; cui munerum universa strenuitas, universa humana liberalitas eotenus se immensuraverat ut nichil supra, nichil extra putaretur presentim, quia quantum hominis interest experimentiæ, omnes actus, omnes mores noverat mortalium, cunctos motus et item omnimodos humanorum affectus comprehenderat animorum, ut nulli unquam injuste iraci, nulli unquam incompetanter videretur misereri; quem si mundus aliorum mortibus redimere posset, ad omnium bonorum arbitrium, duodecimum quemque quos substinet hominum, haud injuria, pro eo dare deberet.

(*Extr. du cartulaire de Sainte-Croix-de-Talmond. Archives de la Vendée.*)

N° IV.

Notum sit omnibus tam presentibus quam futuris quod ego Guilhelmus de Asperomonte, dominus Perusii, dedi et concessi et etiam do et concedo Deo et fratribus ecclesiæ Sancti Johannis de Orbisterio, pro salute animæ meæ, patris et matris meæ et parentum meorum, locum quem habebam et habere poteram et debebam prope *Bernardum*, vulgariter appellatum *la*

Borderie [1], cum pertinenciis prædicto loco spectantibus quibuscumque vel ubicumque sint in toto dominio meo de Perusio, terris cultis et incultis, pratis, vineis, nemoribus, videlicet vineas feodi, vulgariter appellati feodi *de la Borderie*, et vineas feodi *de la Savatolle* [2], et vineas feodi de *Fovea Callida;* item dedi et concessi et etiam do et concedo prædictis fratribus ecclesiæ predictæ, terras de MARCHIEUL et prata prædictis terris pertinentia, et locum de *Marigne* [3], cum terris cultis et incultis, pratis, vineis prædictis, nemoribus, videlicet pratum *du Pontereau* [4], pratum *au-dessoubz Beauplain*, et prata quæ sunt etiam *soubz Barre* [5], pratum *de la Sauzaye;* item vineas *de Maupunayre;* item feodum *de la Mazelle* [6]; feodum *du Pontereau* et pasturagia in maresiis *de Beauplain*, et piscatorias piscium in dicto loco *de Beauplain*, et ad *portum meum de Cleya* [7] transire et retransire, et locum domus *Barre* cum omnibus pertinentiis prædictæ domus spectantibus, in toto dominio meo ubicumque sint; et omnes homines habitantes, et habitaturos, presentes et futuros in prædictis et singulis terris et locis superius nominatis, cum omni jure, dominio, et districtu et quidquid juris dominii sive proprietatis habebam et habere poteram in præmissis, et super omnibus aliis superius nominatis nihilomino mihi vel heredibus meis nec successoribus meis retineo. Volo etiam quod prædicti fratres ecclesiæ superius nominatæ habeant, possideant et explectent in prædictis locis et terris talem mensuram tam blado quam vino spectantem quam sibi viderint expedire, et omnia alia jura cuilibet magno do-

[1] La Borderie, paroisse du Bernard.

[2] La Savatole, près du Bernard.

[3] Marigny, métairie sur le bord du marais de Saint-Cyr.

[4] Sur la route de la Maison-Neuve.

[5] La Barre, près de Saint-Sornin.

[6] Ténement des Marselles, sur la grande route de Saint-Cyr au Port de la Claye.

[7] Le Port de la Claye.

minio pertinentia in prædictis locis et terris. Dedi et concessi per integrum prædictis fratribus et omnes homines eorumdem in prædictis locis et terris habitantibus et habitaturis, ab omni taleya, deveria et costuma et omni exercitu et dominio et districtu de captione mea seu meorum et de sponsatione filiæ et biennium ex prædictis et omni exactione quam ut dominus de terra sua sive juste et injuste exigere manumitto. Item volo et concedo quod dicti fratres quidquid de cetero in toto dominio meo poterint acquirere una cum aliis supradictis libere, pacifice in perpetuum possideant et quiete et sine contradictione aliqua seu reclamatione possidendi, etsi ego Guillelmus de Asperomonte prædictus vel hæredes mei sive successores in rebus prædictis explectaverimus seu explectari fecerimus. Volo nihilominus ut presens cartula rata permaneat et dictis religiosis seu fratribus nullum impedimentum seu detrimentum faciat quoquomodo.

Hæc autem dona et largitiones factæ fuerunt in aula domini Richardi, tunc temporis comitis Pictavii et domini Thalemundi, quam edificaverat super stagnum monachorum de *Portu Jurato*, et ego Guilhelmus, dominus Perusii, supradictus, propterea quod sigillum meum proprium non habebam, prædictum dominum Richardum supplicavi et requisivi suum sigillum proprium presentis litteris apponendum in testimonium veritatis; et ego Richardus prædictus, comes Pictavii et dominus Thalemundi tunc temporis, ad supplicationem et requisitionem prædicti Guilhelmi sigillum meum proprium presentibus litteris apposui in testimonium præmissorum. Hujus rei testes sunt, qui convenerant in aula mea prædicta, Aymericus vicecomes Thoarcii; Gaufridus de Luginiaco, Guilhelmus de Lezeyo, Radulphus de Maloleone, Petrus de Guanaspia, Petrus de Bulio, milites, et plures alii *qui venerant ad me causa venandi*. Datum et actum presente anno Domini millesimo centesimo octogesimo secundo.

(*Extr. du cartulaire d'Orbestier. Archives de la Vendée.*)

N° V.

Universis presentes litteras inspecturis, ego PETRUS GARNY DE SANCTO CIRICO eternam in Domino salutem ; Noveritis me religiosis viris, abbatie et conventui Sancti Johannis de Orbisterio omnes terras suas de *Marchiolio*, in parrochia Sancti Cirici sitas, conducisse sive recepisse ad perpetuam firmam undecim sextariorum bladi, octo videlicet sextariorum boni frumenti et trium sextariorum bone misture, ad mensuram *monasteriorum de Mauffeis*, annuatim persolvendorum religiosis predictis, et portendorum apud domum suam de *Barra* infra festum Nativitatis beate Marie ; promisi etiam ego predictus Petrus me edificaturum domum seu domos in terris predictis in loco qui videbitur melius mihi expedire. Item promisi quod si ego vel heredes mei propter paupertatem vel debilitatem vel casum insolutionis dicte firme defecerimus dictam terram cum domibus ibidem factis...... in proprietatem dicturum religiosorum libere revertantur, quo usque de firmia retentis dampna inde...... ipsi religiosi plenarie fuerint satisfacti. Item volui et promisi quod ego vel heredes mei nullomodo possumus, seu nobis non liceat dictas terras vel meliorationes ibi factas vel aliquid alicui eorum ecclesie vel loco religiosorum legare vel donare in morte vel in vita, preterquam monasterio Sancti Johannis de Orbisterio supradicto, et, in testimonium singulorum et omnium promissorum, ego predictus Petrus pro me et heredibus meis ab uxoribus meis procreatis seu etiam procreandis ratione predicta dedi presentes litteras sigillis religiosis viri abbatis de Thallemundo et domini decani Thallemundensis ad supplicationem meam et instanciam sigillatas. Datum anno Domini M° ducentesimo quinquagesimo octavo.

(*Cartulaire d'Orbestier ; extr. d'une copie altérée de la charte originale. — Arch. de la Vendée.*)

N° VI.

De rebus quas Petrus de Bullio, ad extrema veniens, dedit Deo et beatæ Mariæ et monachis.

Notum sit omnibus tam futuris quam presentibus, quod Petrus de Bullio, ad extrema veniens, pro salute anime sue parentumque suorum, dedit et concessit Deo et beate Marie et monachis Brolii Gollandi quatuor modios vini in feodo *Garnauderie* et unam chargam salis annuatim in Olona et *decima terre sue* MARCHEOLI. Item dedit nobis Thalemundi duo quarteria vinearum, cum duobus aliis quos antea habebamus in meiteria et clienteriam. Similiter dedit nobis unum hominem en Rié et unum ortum. Hoc donum factum est apud Brollium Gollandum in manu dompni Aimerici abbatis et omnis conventus; testibus: Willelmo Cairant et Petro Davia et Aimerico Meinart et Johanne de Metulo et Aimerico de Moric ac Morica Catius et aliis pluribus. Istud vero donum concessit Aimericus frater ejus, testibus supradictis audientibus.

Similiter dedit Benastuns partem suam vierie quam habebat in terra nostra et Petrus Babins similiter; audiente Aimerico de Bullio et Aimerico de Moric cum ceteris pluribus.

(*Extr. du cartulaire de Bois-Grolland*, N° XXXIV. *Arch. de la Vendée*.)

N° VII.

Universis presentes litteras inspecturis, Porphirius gerens vices decani Thalemundensis, salutem in Domino. Noveritis quod cum contencio verteretur coram nobis inter abbatem et conventum de Brolio Gollandi, Cisterciensis ordinis, ex una parte, et priorem et fratres de Bosco Rollandi, prope Pozaugias, ex altera, super decimis tocius tenementi de MARCHIOL prope Cursonium, quas dicti abbas et conventus dicebant se diu possedisse et antecessores suos etiam jure proprio habuisse; et tandem super contencione predictarum decimarum, ut parceretur parcium laboribus et expensis, in nos esset à partibus conpromissum : fide hinc prestita corporali promittentibus, sub vinculo fidei prestite, quod ratum haberent et inviolabiliter observarent quicquid per nos super premissis esset statutum, dispositum, terminatum; demum testibus productis a parte predictorum abbatis et conventus de Brolio Gollandi et omnibus rite actis, cause meritis legaliter intellectis, fidem attestacionibus predictorum testium adhibentes per quos, de jure predictorum abbatis et conventus nobis liquide constitit, taliter disposuimus inter partes et providimus, ex arbitraria potestate, quod predicti prior de Bosco Rollandi et fratres ejusdem loci vel eorum mandatum pro decimis tocius tenementi de MARCHIOL predictis abbati et conventui vel mandato eorum apud MARCHIOL, in vigilia beati Michaelis, tres minas frumenti boni et puri, ad mensuram de Cursonio, annuatim solvere tenebuntur. In cujus rei testimonium, de consensu parcium, presenti scripto sigillum nostrum apposuimus; et ad majorem roboris firmitatem, abbas de Brolio Gollandi et abbas beate Marie Regalis et prefatus prior de Bosco Rollandi sigillorum suorum munimentis presentem cartulam munierunt. Actum anno Domini MCCXLIV, mense septembris.

(*Extr. du cartulaire de Bois-Grolland*, N° CXI. — *Archives de la Vendée.*)

N° VIII.

Noverint universi tam presentes quam futuri quod ERNAUT GAZEAU, de sua voluntate, dedit et concessit in puram et perpetuam elemosinam, pro sua salute et pro anniversario matris sue nomine N[s]. et parentum suorum, annuatim Deo et ecclesie beati *Johannis de Fontanis* et monachis ibidem Deo servientibus, omne illud juris quod habebat in feodo vinearum de *Losencheire* [1], voluntate et accensu matris sue; nullum sibi vel heredibus suis dominium seu redibicionem retinens predictis monachis in perpetuum possidendum, et ut hoc donum firmius et stabilius in posterum permaneret, ad peticionem utriusque partis, ego Stephanus qui tunc temporis eram vicarius Thalemundensis et Hamericus de Moric, miles, in testimonium veritatis presentem cartulam sigillis nostris appositis fecimus roborari. Actum anno Domini M°. CC°. XXX°.

(*Charte du prieuré de Fontaines. — Arch. de la Vendée.*)

N° IX.

Quoniam etas atque fragilitas mortalium semper transeunt et numquam redeunt, previdit antiqua majorum solencia litteris mandare quicquid in longum vellet reservare. Hinc est quod ego Savaricus, *Talemundi dominus*, modernorum noticie futu-ego rorum memorie notum volo fieri universis presentes litteras inspecturis, pro salute anime mee et avunculi mei *Willelmi de Maloleone* et amicorum meorum preteritorum, presentium et futurorum, dedi, concessi et quitavi in puram et perpetuam helemosinam Deo et beate Marie et beato Martino *Majoris Monasterii* et prioratui de *Fontanis* ac monachis ibidem Deo servientibus, omnia jura et dominia que habebam et habere poteram in domo de *Fontanis* et in habitatoribus ejusdem domus, et in omnibus pertinentiis suis, et in grangia et habitatoribus et pertinentiis de *Mareschaucia*, salvo jure abbatis *Talemundi*.

[1] La Jonchère.

et in domo de *Anglis* et habitatoribus et pertinentiis ejusdem domus; videlicet *quod accipiebam in domo de Fontanis mihi et omnibus ballivis et gentibus meis, canibus, avibus et equis meis* quotienscumque volebam ea que mihi erant necessaria, *et capiebam vinum et bladum ad muniendum turrim Talemundi.* In his omnibus monachi mihi et gentibus meis contradicebant. *Cum autem ego cruce signatus iter Ierosolimitanum vellem arripere,* de terra mea omnes malas consuetudines volens abolere, vidi et perpendi hec omnia supradicta a monachis exigi injuste. Qua de causa omnia supradicta prefatis monachis dedi, concessi et quitavi. Dedi etiam predicto prioratui et monachis duos homines et res suas omnes, scilicet Johannem Brisardi et Rainaldum Jordani, nullo mihi nec meis, nec in heredibus suis, nec in rebus suis retento servitio. Preterea concessi predictis monachis *prepositum, furnerium et preconem* de burgo de *Fontanis*, similiter de *villa d'Angles* prepositum, furnerium et preconem habere liberos et immunes ab omni costuma et servicio, et retinui tantum mihi in aliis hominibus dictarum villarum, talleiam meam, brennium et exercitum. Volo preterea omnibus innotescat quod pro predictis beneficiis in abbatia *Majoris Monasterii* et in prioratu de *Fontanis*, pro salute predictorum amicorum meorum et pro me postquam decessero tenentur singulis annis anniversarium celebrare. Hec omnia facta sunt apud *Cursonium*, in ecclesia beate Marie, istis presentibus *Radulpho*, abbate Talemundi; fratre *Roberto*, priore de *Loco Dei*; *W°* *Aricang*, capellano meo; *R.*, clerico, cancellario meo, sacerdotibus et clericis; *Symone dau Cymau*; *W° de Suiraico*, militibus; *Alexandro Aufredi*; *Petro Veillet*; *P. Bordon*; *P. Giraudi*, senecallo meo *Talemundi*, et pluribus aliis. Actum fuit hoc anno gracie M°. CC°. octavo decimo. Et ut hoc ratum habeatur et firmum presentes litteras sigilli mei munimine feci roborari.

(*Charte du prieuré de Fontaines. — Arch. de la Vendée.*)

N° X.

Ego Savaricus de Maloleone, *Thalemundi dominus*, notum facio universis presentes litteras inspecturis, quod cum ego *assumpta cruce vellem Ierosalimam* proficisci, attente providens ne quid anime mee obviaret saluti. Habita diligenti consideratione quod prioratus de *Fontanis* per me et antecessores meos indebitis exactionibus prius consuetudinibus et nimium sumptuosis...... pergravatus fuerat et oppressus, volens et mihi et successoribus meis materiam amputare peccandi, pro salute anime mee, patris et matris mee, *Willelmi de Maloleone*, avunculi mei et amicorum meorum preteritorum, presentium et futurorum, et ad recompensationem predictorum oppressionum et gravaminum, dedi in perpetuam elemosinam et concessi in perpetuum et quitavi Deo et beate Marie et beato Martino *Majoris Monasterii* et predicto prioratui eorum de *Fontanis* quidquid juris requirebam, habebam et habere poteram in eodem prioratu de *Fontanis* et in habitatoribus et omnibus pertinenciis ejusdem prioratus et in domibus de *Anglis* et habitatoribus et pertinenciis earumdem et in grangia de *Mareschaucia* et habitatoribus et pertinenciis ejusdem, salvo jure abbatis Thalemundi in eadem *Mareschaucia;* ita quod neque ego neque successores mei in predictis locis et habitatoribus et rebus et pertinenciis eorumdem aliquid exigere, reclamare vel molestiam aliquam inferre *presumimus* vel in omnimoda libertate et immunitate et nunc et perpetuum illesa permaneat et quieta. Dedi et concessi et quitavi predicti prioratui et monachis de *Fontanis* quidquid juris habebam in *Iohanne Brisardi* et *Regiraldo Jordani* et heredibus eorum et rebus ipsorum nullo servicio, nulla consuetudine, seu redibitione mihi vel successoribus meis in eisdem retentis. Volo et in perpetuum concedo quod dicti prior et monachi habeant ad voluntatem suam *prepositum, furnerium et preconem in burgo de Fontanis;* scililet in villa de *Anglis* habeant ad voluntatem suam *prepositum, furnerium et preconem,* qui ab omni servicio et costuma et juridictione nostra liberi erunt et immunes, ipsi predicta officia exercebunt. In aliis autem dominibus dictarum villarum tantummodo retinui mihi et heredibus talleiam, biennium et exercituum per manum prioris, vel per mandatum ejus, modo debito habenda. Quapropter vero dicti monachi intuitu hujus beneficii mihi *ad subsidium peregrinationis mee quindecim millia solidorum* liberaliter contulerunt. Ego eorum benignitati caritate volens mutua respondere, ne in aliquo ledatur ecclesia vel predicta liberalitate fraudetur, statui et concessi in hereditatem meam adhuc insuper obligavi, quod si ego....... predictus concessionibus, quod absit, modo aliquo obviarem; ego ad refundendum eisdem monachis predictam summam pecunie, sine omni conditione, teneor premissorum concessione libertatum in res omnimodas nichilominus obtinere. Si vero successores mei contra premissa aliquomodo venerent, ipsi ad eamdem refusionem pecunie predicta concessione nichilominus integra et illesa manente scilicet teneantur. Requiro et rogo et volo quod sententiam excomunicationis in personam meam et successorum meorum et interdicti in totam terram meam et ipsorum, sine omni conditione, poneant episcopi sub quorum juridictione ego vel ipsi consistemus, si ego vel ipsi contra predictas concessiones modo aliquo venerimus, et easdem sentencias usque ad satisfactionem cumdignam faciant firmiter observari. Insuper ego et successores mei predictas libertates eisdem monachis defendere in perpetuum et garentire tenemus. Abbas si quidem et monachi benigniter annuentes ut pro temporalibus non solum temporalia, sed et spiritualia bona, metamur in abbatia *Majoris Monasterii* et in prioratu de *Fontanis,* pro animabus dictorum amicorum meorum et mea postquam decessero, tenentur singulis annis anniversarium celebrare. Ut autem predicta perpetuam obtineant firmitatem, presentem cartam sigilli mei munimine roboravi. Actum anno Domini M°. CC°. octavo decimo, mense julio.

(*Charte du prieuré de Fontaines. — Arch. de la Vendée.*)

N° XI.

LA DEFAITE DES TROUPES DE MONSIEVR DE FAVAS, la Nouë & Bessay, au bourg de S. Benoist en bas Poitou,

Par Messieurs les Mareschal de Praslin, Duc d'Elbeuf et Comte de la Rochefoucaud.

A PARIS,
Chez ABRAHAM SAVGRAIN.

M. DC. XXI.
AVEC PERMISSION.

LA DEFAITE

Des Troupes de Fauas, la Nouë et Bessay, au Bourg de sainct Benoist en bas Poitou.

L'assemblée de la Rochelle, le premier mobile de la rebellion de nos iours, ne pouuant secourir sainct Iean en son extremité, ny l'empescher d'estre forcé, estima recompenser la perte qu'elle voyait certaine, par le degast et pillage du bas Poitou et pays circonuoisin. Pour cet effet elle commanda à Fauas, la Nouë et Bessay d'y descendre auec douze cens hommes, sous esperance que plusieurs de Loudun, Tours, Orleans, Paris, etc., se ioindroient auec eux et leur feroient espaule.

Ils abordent partie à sainct Benoist, partie à la Iarrière, lieux proches de Luçon; le rendez-vous des troupes estoit à sainct Benoist. Pour premier exploit de leurs armes, ils profanerent et pillerent les Eglises de Triaize et sainct Denys du Perrier, sans espargner les cloches. Luçon se sauua de leurs griphes moyennant cinq cens escus, et dix-huict couples de bœufs qu'il fallut donner pour trainer leur canon.

Le Roy, aduerty de ceste descente, y depescha Messieurs les Mareschal de Praslin, Duc d'Elbeuf et le Comte de la Rochefoucaud, qui arriuerent à Luçon six heures apres que l'argent fut liuré, argent funeste aux ennemis, comme iadis l'or Tholosain aux soldats du consul Cepio, ainsi que vous verrez par le discours suiuant.

Ceux de la R. P. R. de Luçon et lieux d'alentour auoient mis 2,000 boisseaux de farine et leurs meilleurs meubles en des barques, au port de la larrière, pour transporter le tout à la Rochelle; ces Messieurs l'empescherent, et, s'en estant saisis, firent porter la farine aux greniers de Messieurs de Luçon et vendre les meubles à l'ancan.

Les trouppes ennemies estant arriuées à sainct Benoist trauaillerent à bastir vn fort sur la poincte de la Faute, à l'emboucheure de la riuière du Lay qui tombe dans la mer. Les communes y furent employées; à mesure que l'ouvrage croissoit, les chefs ennemys firent entreprise sur les Sables-d'Olonne pour les piller et s'en rendre les maistres, afin que tout ployast sous leur authorité.

Monsieur de Praslin en ayant eu aduis vient promptement à sainct Benoist, et y arriue auec les siens la nuict du dimanche au lundy 28 de Iuin; il trouue les ennemys tellement empressez à bastir qu'ils auoient pourtant les armes en la main; ce nonobstant il les attaque furieusement, et emporte leur place, n'ayant perdu qu'vn des siens, et tué plus de 150 des ennemys, et contraint les autres de s'enfuir, qui furent les vns pris, les autres noyez pensant se sauuer sur les vazes, autres arrestez et tuez par des mariniers Olonois en des chaluppes et barques esquelles ils vouloient se rendre à la Rochelle. Ainsi le pillage fut recoux, cinq drapeaux pris, leur bagage et canons. Les chefs ennemys en ayant eu le vent comme ils s'acheminoient vers les Sables-d'Olonne, se sauuèrent et par leur fuitte s'exempterent de la fureur des armes du Roy, si que le malheur ne tomba que sur Richardelet, commandant ceux de sainct Benoist, qui se retira en l'Eglise d'Angle, proche du lieu susdict, qui luy refusa vn azile asseuré pour ce qu'il avoit tiré des mousquetades contre le crucifix des Eglises voisines.

Les Granges, frère de Bessay, abandonna Talmond sur les nouuelles de ce fascheux eschec. Madamoiselle de Rohan auoit, quelques iours auparauant, chassé ceux qui s'estoient saisis de la Garnache et en faisoient vne retraitte de brigands;

ainsi tout ce pays qui sembloit perdu a esté en vn moment nettoyé de ces monstres marins par les forces qu'il a pleu au Roy y enuoyer.

En repurgeant ceste auge, il a fallu laisser des marques de punition contre quelques maisons des chefs de la rebellion, particulierement contre la Bruniére et la Grenouillere, pour intimider les autres, et apprendre à la Noblesse de la R. P. R. à seruir fidellement le Roy, qui se rend redoutable par tout par sa valeur, et par l'assistance de Messieurs les Princes, des Grands de son Royaume et de la Noblesse françoise, tellement qu'on dira : *Le ROY LOVYS LE IVSTE est Victorieux et Triomphant par tout.*

N° XII.

Au Port de la Claye, le 4 vendémiaire l'an 4e de la République une et indivisible.

Le Général chef de l'Etat-Major général de l'armée, au Général en chef.

Mon général, conformément à vos intentions, j'ai fait enlever, le 2 vendémiaire, par l'adjudant général Delaâge, les postes qu'occupaient les rebelles à Rosnay, le Champ-Saint-Père, Saint-Vincent-sur-Graon et les Moutiers-lès-Mauxfaits. Cinq colonnes y ont marché. Après une fusillade d'une demi-heure, les rebelles ont abandonné Saint-Vincent, poste fortifié par la nature et susceptible d'une vigoureuse résistance; ils ont été également débusqués des autres points et se sont retirés dans le Bocage, laissant sur la place environ 80 des leurs; on leur a pris 14 chevaux.

Le 3, Charette, qui, pendant l'attaque de Saint-Vincent, était, avec 8 ou 9,000 fantassins et environ 900 chevaux, dans les landes de la Boissière, s'est porté sur le poste de Saint-Cyr, défendu par un bataillon de 200 hommes de la 157e demi-brigade; il a divisé son monde en trois corps : le premier a masqué le château du Givre, où nous avons un bataillon; le second a attaqué Saint-Cyr, et le troisième, qui a été le plus considérable, est venu prendre position en face de la Claye, pour s'opposer aux troupes qui de Luçon auraient pu venir soutenir Saint-Cyr. La droite des rebelles était appuyée à Curzon; leur gauche tirait vers le Champ-Saint-Père : ils étaient formés sur deux lignes, ayant leur cavalerie aux ailes et au centre.

Le bataillon de la 157e demi-brigade, retranché dans l'église de Saint-Cyr, et ayant ses meilleurs tireurs dans le clocher, a vigoureusement reçu l'ennemi; la fusillade la plus soutenue et la résistance la plus ferme ont rendu ses efforts inutiles. Dans ce seul point il a perdu 52 hommes et un grand nombre de blessés ; plusieurs chefs ont été tués : l'un d'eux (les déserteurs assurent que c'est Guérin, leur commandant dans le pays de Retz), s'étant avancé pour sommer les républicains de se rendre, a été étendu mort d'un coup de fusil par le brave *Marca*, caporal, qui lui a crié : *Voilà comme je traite avec les royalistes!* Un autre porteur de sommation n'a pas été plus heureux ; son cheval a été tué sous lui, et quatre de ceux qui sont venus le dégager ont été tués à ses côtés.

A la nouvelle de l'attaque de Saint-Cyr, l'adjudant général Delaâge a marché de Luçon avec deux compagnies d'artillerie légère, un détachement de 40 chasseurs du 15e, la demi-brigage de Paris et des Vosges, un bataillon de la 136e demi-brigade et le 1er bataillon du 29e régiment. Il s'est porté sur la route de Saint-Cyr ; l'infanterie a été placée dans les broussailles qui du grand chemin s'étendent jusqu'au hameau des Baraudières, à l'effet de cacher le peu de monde que nous avions (nos forces ne s'élevaient pas à 900 hommes) ; l'artillerie légère, soutenue de la cavalerie, a été postée sur la gauche de la route. La fusillade s'est établie vivement ; l'ennemi a dirigé un corps considérable par le vallon des Baraudières, pour tourner notre flanc droit.

Le 29e régiment a été à sa rencontre et l'a fait plier ; l'artillerie légère, prenant en écharpe les lignes ennemies, a commencé à y porter du désordre ; toutes les troupes républicaines se sont ébranlées, la baïonnette en avant ; au même moment le brave bataillon de la 157e demi-brigade est sorti de Saint-Cyr, et s'est précipité sur l'ennemi aux cris de *Vive la République!* A l'instant les rebelles ont été mis en déroute complète et ont fui de tous côtés, laissant la terre jonchée de morts, de souliers, de sabots, d'habits rouges ; on les a poursuivis aussi longtemps que l'a permis le terrain, qui bientôt devient couvert et difficile.

Cette journée, où l'intrépidité a suppléé au nombre, ne coûte à la République qu'un grenadier, quatorze blessés, dont trois mortellement, et six chevaux tués. Les rebelles ont laissé sur le champ de bataille 200 des leurs, et ils ont eu un grand nombre de blessés.

L'adjudant général Delaâge a déployé le brillant courage qui le caractérise, les talents les plus distingués, et a fait les plus sages dispositions : on ne saurait prodiguer trop d'éloges aux troupes. Une foule de traits mériteraient d'être cités, je me bornerai à un seul. Un peloton de 200 chevaux ennemis, essayant de protéger la retraite des rebelles, a fait mine de charger notre infanterie qui les poursuivait. La compagnie des grenadiers du 29e a prévenu cette charge en chargeant elle-même à la baïonnette cette cavalerie, qui n'a pas osé attendre.

D'après le rapport des déserteurs, Charette avait à sa suite 80 voitures et s'était vanté d'entrer dans Luçon, dont sans doute il comptait enlever ce qui lui aurait été utile ; il n'a emporté que ses blessés et l'impression profonde de la valeur républicaine.

Signé EM. GROUCHY.

FIN.

www.ingramcontent.com/pod-product-compliance
Ingram Content Group UK Ltd.
Pitfield, Milton Keynes, MK11 3LW, UK
UKHW012257240726
13966UKWH00004B/1450